叶圣陶的语文课

叶圣陶 —— 著

北京联合出版公司
Beijing United Publishing Co.,Ltd.

图书在版编目（CIP）数据

叶圣陶的语文课 / 叶圣陶著. -- 北京：北京联合
出版公司，2023.7（2023.7重印）
ISBN 978-7-5596-6952-0

Ⅰ . ①叶… Ⅱ . ①叶… Ⅲ . ①散文集—中国—现代
Ⅳ . ① I266

中国国家版本馆 CIP 数据核字（2023）第 102573 号

叶圣陶的语文课
作　　者：叶圣陶
出 品 人：赵红仕
特约编辑：李　珊
责任编辑：李艳芬
责任编审：赵　娜
版式设计：陆　璐
内文制作：仙　境

北京联合出版公司出版
（北京市西城区德外大街 83 号楼 9 层　100088）
北京华景时代文化传媒有限公司发行
北京中科印刷有限公司印刷　　新华书店经销
字数 160 千字　　880 毫米 ×1230 毫米　　1/32　　8 印张
2023 年 7 月第 1 版　　2023 年 7 月第 2 次印刷
ISBN 978-7-5596-6952-0
定价：49.80 元

语文教育界的泰斗

　　什么叫语文？平常说的话叫口头语言，写到纸面上叫书面语言。语就是口头语言，文就是书面语言。把口头语言和书面语言连在一起说，就叫语文。这个名称是从一九四九年下半年用起来的。解放以前，这个学科的名称，小学叫"国语"，中学叫"国文"，解放以后才统称"语文"。

——叶圣陶

　　叶圣陶先生说："语言文字的学习，出发点在'知'，而终极点在'行'；到能够'行'的地步，才算具有这种生活的能力。这是每一个学习国文的人应该记住的。"

　　叶圣陶先生是我国语文教育界的泰斗级人物，一直以来，对语文教育都有自己独特的观点。

　　纵观叶圣陶的教育理论，就能看出他的教育思路：养成阅读习惯、训练写作技巧、培植欣赏能力。同时他强调"教学方法"，认为教并不是老师把现成的知识教给学生，而是把学习的方法教给学生，调动学生的能动性，引导学生自己思考并学以致用，才能受用一辈子。这是"授之以渔"的具体贯彻，而且是"方法和态度"兼而有之的。

我们根据这一思路，做了这样一本提高语文素养的小书，书中内容皆从叶圣陶先生关于语文教育的文章中选出。为了方便读者阅读，部分选用文章视情况有所删减，摒弃了几处具时代特点的文字。我们在编辑这本小书时，预先选出了超出既定篇目数量两倍的文稿，在此基础上精心选摘，目录也几经修改才最终确定。

这本小书好比一把锁钥，用这个锁钥可以开启语文的无限宝藏。我们希望借助这本书，帮助大家向善读善思方向上努力。同时也收获一些方法，做到学习方法上的一种互通。

叶圣陶先生的语文教育思想具有独创性，经历了半个世纪的考验，历久弥新。这正好说明了叶圣陶先生教育思想的科学性，而本书无论是内容还是形式，都透露着叶圣陶先生的个性与特色。愿每一个读完此书的人，都可以将书中内容转化为自己的东西，并能终身受用。

编者记

中学国文学习法 [1]（序一）

认定目标

学习国文该认定两个目标：培养阅读能力，培养写作能力。培养能力的事必须继续不断地做去，又必须随时改善学习方法，提高学习效率，才会成功。所以学习国文必须多多阅读，多多写作，并且随时要求阅读得精审，写作得适当。

在课内，阅读的是国文教本。那用意是让学生在阅读教本的当儿，培养阅读能力。凭了这一份能力，应该再阅读其他的书，以及报纸杂志等等。这才可以使阅读能力越来越强。并且，要阅读什么就能阅读什么，才是真正的受用。

1　自能读书，不待老师教；自能作文，不待老师改。这是叶圣陶提出的语文学习目标，故选此篇为序。

在课内，写作的是老师命题作文。那用意是让学生在按题作文的当儿，培养写作能力。凭了这一份能力，应该随时动笔，写日记，写信，写笔记，写自己的种种想要写的。这才可以使写作能力越来越强。并且，要写作什么就能写作什么，才是真正的受用。

就一个高中毕业生来说，阅读能力和写作能力应该达到如下的程度：

阅读方面——（一）能读日报和各种并非专门性质的杂志；（二）能看适于中学程度的各科参考书；（三）能读国人创作的以及翻译过来的各体文艺作品的一部分；（四）能读如教本里所选的欧阳修、苏轼、归有光等人所作散文那样的文言；（五）能适应需要，自己查看如《论语》《孟子》《史记》《通鉴》一类的书；（六）能查看《国语辞典》《辞源》《辞海》一类的工具书。这里所说的"能"表示了解得到家，体会得透彻，至少要不发生错误。眼睛在纸面上跑一回马，心里不起什么作用，那是算不得"能"的。

写作方面——（一）能作十分钟的演说；（二）能写合情合理合式的书信；（三）能把自己的所见所闻所思所感记下来；（四）能写类似现代社会中通用的文言信那样的文言。这里所说的"能"指表达得正确明白而言，至少也得没有语法上理论上的错误。就演说和书信而言，还得没有礼貌上的错误。为什么把演说也列在写作方面？因为演说和写作是同一源头的两条水流，演说是用口的写作，写作是用笔的演说。

靠自己的力

阅读要多靠自己的力，自己能办到几分务必办到几分。不可专等老师给讲解，也不可专等老师抄给字典辞典上的解释以及参考书上的文句。直到自己实在没法解决，才去请教老师或其他的人。因为阅读是自己的事，像这样专靠自己的力才能养成好习惯，培养真能力。再说，我们总有离开可以请教的人的时候，这时候阅读些什么，非专靠自己的力不可。

要靠自己的力阅读，不能不有所准备。特别划一段时期特别定一个课程来准备，不但不经济，而且很无聊。也只须随时多用些心，不肯马虎，那就是为将来作了准备。譬如查字典，如果为了作准备，专看字典，从第一页开头，一页一页顺次看下去，这决非办法。只须在需要查某一字的时候看得仔细，记得清楚，以后遇到这个字就是熟朋友了，这就是作了准备。不但查字典如此，其他都如此。

应作的准备大概有以下几项：

（一）留心听大家的话。写在书上是文字，说在口里就是话。听话也是阅读，不过读的是"声音的书"。能够随时留心听话，对于阅读能力的长进大有帮助。听清楚，不误会，固然第一要紧；根据自己的经验加以衡量，人家的话正确不正确，有没有罅漏，也是必要的事。不然只是被动地听，那是很有流弊[1]的。至于人家用

1　滋生的或相沿而成的弊端。

词的选择，语调的特点，表现方法的优劣，也须加以考虑。他有长处，好在哪里？他有短处，坏在哪里？这些都得解答，这对于阅读极有用处。

（二）留心查字典。一个字往往有几个意义，有些字还有几个读音。翻开字典一看，随便取一个读音一个意义就算解决，那实在是没有学会查字典。必须就读物里那个字的上下文通看，再把字典里那个字的释文来对勘，然后确定那个字何音何义。这是第一步。其次，字典里往往有些例句，自己也可以找一些用着那个字的例句，许多例句聚在一块儿，那个字的用法（就是通行这么用）以及限制（就是不通行那么用）可以看出来了。如果能找近似而不一样的字两相比较，辨明彼此的区别在哪里，应用上有什么不同，那自然更好了。

（三）留心查辞典。一个辞也往往有几个意义，认真查辞典，该与前一节说的一样。那个辞若是有关历史的，最好根据自己的历史知识，把那个时代的事迹想一回。那个辞若是个地名，最好把地图翻开来辨认一下。那个辞若是涉及生物理化等科的，最好把自己的生物理化的知识温习一遍，辞典里说的或许很简略，就查各科的书把它考究个明白。那个辞若是来自某书某文的典故或是有关某时某人的成语，如果方便，最好把某书某文以及记载某时某人的话的原书找来看看。那个辞若是一种制度的名称，一个专用在某种场合的术语，辞典里说的或许很简略，如果方便，最好找些相当的书来考究个详细。以上说的无非要真个弄明白，不容含糊了事。而且，这样将辞典作钥匙，随时翻检，阅读的范围就扩大了，阅读参考书的习惯也可以养成了。

（四）留心看参考书。参考书范围很广，性质不一，未可一概而论。可是也有可以说的。一种参考书未必需要全部看完，但是既然与它接触了，它的体例总得弄清楚。目录该通体一看，书上的序文，人家批评这书的文章，也该阅读。这样，多接触一种参考书就如多结识一个朋友，以后需要的时候，还可以向他讨教，与他商量。还有，参考书未必全由自己购备，往往要往图书馆借看。那么，图书分类法是必要的知识。某个图书馆用的什么分类法，其中卡片怎样安排，某一种书该在哪一类里找，必须认清搞熟，检查起来才方便。此外如各家书店的特点以及它们的目录，如果认得清，取得到，对于搜求参考书也有不少便利。

以上说的准备也可以换成"积蓄"两个字。积蓄得越多，阅读能力越强。阅读不仅是中学生的事，出了学校仍需要阅读。人生一辈子阅读，其实是一辈子在积蓄中，同时一辈子在长进中。

阅读举要

如果经常作前面说的那些准备，阅读就不是什么难事情。阅读时候的心情也得自己调摄[1]，务需起劲，愉快。认为阅读好像还债务，那一定读不好。要保持着这么一种心情，好像腹中有些饥饿的人面对着甘美膳食的时候似的，才会有好成绩。

---

1 调养，调护。

阅读总得"读"。出声念诵固然是读，不出声默诵也是读，乃至口腔喉舌绝不运动，只用眼睛在纸面上巡行，如古人所谓"目治"，也是读。无论怎样读，起初该用论理的读法，把文句中一个个词切断，读出它们彼此之间的关系来。又按各句各节的意义，读出它们彼此之间的关系来。这样读了，就好比听作者当面说一番话，大体总能听明白。最忌的是不能分解，不问关系，糊里糊涂读下去——这样读三五遍，也许还是一片朦胧。

　　读过一节停一停，回转去想一下这一节说的什么，这是个好办法。读过两节三节，又把两节三节连起来回想一下。这个办法可以使自己经常清楚，并且容易记住。

　　回想的时候，最好自己多多设问。文中讲的若是道理，问问是怎样的道理，用什么方法论证这个道理；文中讲的若是人物，问问是怎样的人物，用怎样的笔墨表现这个人物。有些国文读本在课文后面提出这一类的问题，就是帮助读者回想的。一般的书籍报刊当然没有这一类的问题，唯有读者自己来提出。

　　读一遍未必够，而且大多是不够的，于是读第二遍第三遍。读过几遍之后，若还有若干地方不明白不了解，就得做翻查参考的功夫。这在前面已经说过了，关于翻查字典辞典，以及阅读参考书，这儿不再重复。

　　总之，阅读以了解所读的文篇书籍为起码标准。所谓了解，就是明白作者的意思感情，不误会，不缺漏，作者表达些什么，就完全领会他什么。必须做到这一步，才可以进一步加以批评，说他说得对不对，合情理不合情理，值不值得同情或接受。

在阅读的时候，标记全篇或者全书的主要部分，有力部分，表现最好的部分，这可以帮助了解，值得采用。标记或画铅笔线，或做别种符号，都一样。随后依据这些符号，可以总结全部的要旨，可以认清全部的警句，可以辨明值得反复玩味的部分。

说理的文章大概只需论理性地读，叙事叙情的文章最好还要"美读"。所谓美读，就是把作者的情感在读的时候传达出来。这无非如孟子所说的"以意逆志"，设身处地，激昂处还他个激昂，委宛处还他个委宛，诸如此类。美读的方法，所读的若是白话文，就如戏剧演员读台词那个样子。所读的若是文言，就用各地读文言的传统读法，务期[1]尽情发挥作者当时的情感。美读得其法，不但了解作者说些什么，而且与作者的心灵相感通了，无论兴味方面或受用方面都有莫大的收获。

读要不要读熟？这看自己的兴趣和读物的种类而定。心爱某篇文字，自然乐于读熟。对于某书中的某几段文字感觉兴趣，也不妨读熟。读熟了，不待翻书也可以随时温习，得到新的领会，这是很大的乐趣。

学习文言，必须熟读若干篇。勉强记住不算熟，要能自然成诵才行。因为文言是另一种语言，不是现代口头运用的语言，文言的法则固然可以从分析比较而理解，可是要养成熟极如流的看文言的习惯，非先读熟若干篇文言不可。

1　一定要。

阅读当然越快越好。可以经济[1]时间，但是得以了解为先决条件。糊里糊涂读得快，不如通体了解而读得慢。练习的步骤该是先求其无不了解，然后求其尽量地快。出声读须运动口腔喉舌，总比默读仅用"目治"来得慢些。为阅读多数书籍报刊的便利起见，该多多练习"目治"。

阅读之后该是作笔记了，如果需要记什么的话。关于作笔记，在后面谈写作的时候说。

最要紧的，阅读不是没事做闲消遣，无非要从他人的经验中取其正确无误的，于我有用的，借以扩充我的知识，加多我的经验，增强我的能力。就是读文艺作品如诗歌小说等，也不是没事做闲消遣。好的文艺作品中总含有一种人生见解和社会观察，这对于我的立身处世都有极大的关系。

写作须知

写作必须把它看成一件寻常事，好比说话一样。但是又必须把它看成一件认真事，好比说话一样。

写作决不是无中生有。必须有了意思才动手写作，有了需要才动手写作。没意思，没需要，硬找些话写出来，这会养成不良的写作习惯，而且影响到思想方面。

写作和说话虽说同样是发表，可也有不同处。写作一定有个

1　耗费少而收益多。

中心，写一张最简单的便条，写一篇千万字的论文，同样的有个中心，不像随便谈话那样可以东拉西扯，前后无照应。写作又得比说话正确些，齐整些，干净些。说话固然也不宜错误拖沓，可是听的人就在对面，不明白可以当面问，不心服可以当面驳，嫌啰唆也可以说别太啰唆了。写了下来，看的人可不在对面，如果其中有不周到不妥贴[1]处，就将使他人不明白，不心服，不愉快，岂不违反了写作的本意？所以写作得比说话正确些，齐整些，干净些。

写作的中心问自己就知道。写一张便条，只要问为什么写这张便条，那答案就是中心。写一篇论文，只要问我的主要意思是什么，那答案就是中心。

所有材料（就是要说的事物或意思）该向中心集中，用得着的毫无遗漏，用不着的淘汰净尽。当然，用得着用不着只能以自己的知识能力为标准。按标准把材料审查一下总比不审查好，不审查往往会发生遗漏了什么或多余了什么的毛病。

还有一点，写作不仅是拿起笔来写在纸上那一段时间内的事情。如前面所说，意思的发生，需要的提出，都在动笔之前。认定中心，审查材料，也在动笔之前。提起笔来写在纸上，不过完成这工作的一段步骤罢了。有些人认为写作的工作在提起笔来的时候才开始，这显然是错误的，如果如此，写作就成为一种无需要，无目的，可做可不做的事了。

写作完毕之后，或需修改，或不需修改。不改，是自以为一切

1　现作"妥帖"。

都写对了，没有什么遗憾了。至于修改，通常说由于自己觉得文字不好。说得确切一点，该是由于自己觉得还没有写透那意思，适合那需要。于是再来想一通，把材料增减一些，调动一些，把语句增减一些，变换一些，这就是修改。

练习写作，如果是课内作文，也得像前面所说的办。题目虽然是老师临时出的，可是学生写的意思要是平时有的，所需的材料又要是找得到的，不然就是无中生有的勾当了。练习是练习有意思有材料就写，而且写得像样，不是练习无中生有。

无论应用的或练习的写作，以写得像样为目标。记事物记清楚了，说道理说明白了，没有语法上的毛病了，没有论理上的毛病了，这就是像样。至于写得好，那是可遇而不可求的。经验积聚得多，情感蕴蓄得深，思想钻研得精，才可以写成好文章。换句话说，好文章是深度生活的产品，生活的深度不够，是勉强不来的。希求生活渐进于深度，虽也是人生当然之事，可是超出了国文学习的范围了。

要写得像样，除了审查材料以外，并得在语言文字上用心，这才可以表达出那选定的材料，不至于走样。所谓在语言文字上用心，实际也是极容易的事，试列举若干项。（一）所用的词要熟习的，懂得他的意义和用法的。似懂非懂的词宁可不用，换一个熟习的来用。（二）就一句句子说，那说法要通行的，也就是人家会这么说，常常这么说的。一句话固然可以有几样说法，作者有自由挑选那最相宜的使用，可是决不能独造一种教人家莫名其妙的说法。（三）就一节一段说，前后要连贯，第二句接得上第一句，第三句接得上第二句。必须注意连词的运用，语气的承接，观点的转换不转换。一个"所以"一个"然而"都不可随便乱用。陈述、判断、反诘、疑问等的语气都不可有一点含糊。观点如须转换，不可不特别点明。（四）如果用比喻，要问所用的比喻是否恰当明白。用不好的比喻还不如不用比喻。（五）如果说些夸张话，要问那夸张话是否必要。不必要的夸张不只是语言文字上的毛病，也是思想上修养上的毛病。（六）不要用一些套语滥调如"时代的巨轮""紧张的心弦"之类。这些词语第一个人用来见得新鲜，大家都用就只有讨厌。（七）运用成语以不改原样为原则，如"削足适履"不宜作"削足凑鞋"，"怒发冲冠"不宜作"怒发把帽子都顶起来了"。（八）用标点符号必须要审慎。宜多用句号，把一句句话交代清楚。宜少用感叹号，如"以为很好""他怕极了"都不是感叹语气，用不着感叹号。用问号也得想一想。询问和反诘的语气才用问号，并不是含有疑问词的语句都要用问号。如"他不知道该怎么做""我问他老张哪一天到的"都不是问句，用不着问号。

写作举要

练习写作，最好从记叙文入手。记叙文的材料是现成的，作者只需加上安排取舍的功夫，容易着手。

议论文也不是不必练习，但是所说的道理或意见必须明白透彻，最忌把不甚了了的道理或意见乱说一阵。因此，练习议论文该从切近自身的话题入手，如学习心得和见闻随感之类。

应用文如书信，如读书报告，往往兼包记叙和议论。写作这类东西，一方面固然应用，一方面也是练习。所以也得认真地写，多一回认真的练习，就多一分长进。

以下略说写作各类东西的大要。

（一）记物的文字须把那东西的要点记明。譬如记一幅图画，画的什么就是要点，必须记明。也许画面上东西很多，而以某一件东西为主，这某一件东西必须说明。

（二）叙事的文字须把那事件的始末和经过叙明。譬如叙一个文艺晚会，晚会的用意和开会的过程必须叙明。也许会中节目很多，几个重要的节目必须详叙，其余节目只说几句简单的话带过。

（三）书信须把自己要向对方说的话说清楚。不清楚，失了写信的作用，重复啰唆，容易混淆对方的心思，都不能算写得适当。书信又须注意程式。程式不是客套，程式之中实在包含着情分和礼貌。不注意程式，在情分上礼貌上若有欠缺，就将使对方不快，这也违反写信的初意。

（四）日记最好能够天天写，对修养有好处，对写作也有好处。刻板式的日记比较没有意义。一天里头总有些比较新鲜的知识见闻和想头，就把那些记下来。

（五）读书笔记不只是把老师写在黑板上的注解表格等等抄上去，也不只是把一些书本上的美妙紧要的文句抄上去。除了这些，还有应该记的，如：翻了几种书，就可以把参照比较的结果记录下来。读了一篇文章一部书，自己有些想头，或属怀疑，或属阐发，或属欣赏，都可以记录下来。

（六）给壁报揭载的或投寄报纸杂志的文章与其他文章一样，也应该以写自己熟知的了解的东西为主。可是有点不同，这类文章是特地写给他人看的，写的时候，心目中就须顾到读者，既然顾到读者，人人知道的事物和道理就不必写。至于自己还没有弄清楚的大问题大道理，那非但不必写，简直不容写，写出来就是欺人，欺人是最要不得的。

写字

末了儿还得说一说写字。一般人只须讲求实用的写字，不必以练成书家为目标。实用的写字，除了首先求其正确之外，还须求其清楚匀整，放在眼前觉得舒服，至少也须不觉得难看。

临碑帖，一般人没有这么多闲工夫。只须逢写字不马虎，就是练习。写字是手的技能，随时留意，自然会做到心手相应的地步。

目前写字的工具不只毛笔，钢笔铅笔也常用，也许用得更多。无论用什么笔写，全都得不马虎，才可以养成好习惯。

就字体而论，一般人只须注意真书行书两种。行书写起来比真书快，所以应用更广。行书是真书的简化，基本还是真书。真书写得像样，行书就不会太差。

真书求其清楚匀整，大略有如下几点可以说的：（一）笔笔交代清楚，横是横，撇是撇，一点不含糊。（二）横平竖直，不要歪斜，这就端正了。（三）就一个字而言，各笔的距离务须匀称，不太宽也不太挤：这须相度各个字的形状。偏旁占一半还是三分之一，头和底各占几分之几，中心又是哪一笔，相度清楚，然后照此落笔。距离匀称，不宽不挤，看在眼里就舒服。（四）就一行的字而言，须求其上下连贯，无形中好像有一条直线穿着似的。还须认定各个字的中线，把中线放在一直线上。中线或是一竖，如"中"字"草"字，或是虚处，如"非"字"井"字，很容易辨明。（五）就若干行的字而言，须求两行之间有一条空隙。次行的字的笔画触着前行的字的笔画固然不好看，就是几乎要触着也不好看。（六）写一长篇的字须要前后如一。如果开头端端整整，到后来就潦潦草草，这就通篇不一致，说不上匀整了。

如果有工夫练习实用的写字，可以按字的形体分类练习，如挑选若干木旁字来写，又挑选若干雨头字来写。木旁雨头的字是比较容易的。比较烦难的尤宜如此，如心底的字，从辶的字。手写之外，宜乎多看，看人家怎样把这些字写得合适。看与写并行，心与手并用，自然会逐渐有进步。

授与和启发[1]
——跟北京市语文教师讲话的提纲（序二）

从前情形是可不讲者就不讲（无论文白，翻为本地方言了事）。同事之间不谈教学，大学尤然（此是书房传统）。

我只是凭一些设想，无实践证验，谈说虽不少，而不成系统，不切实际。真只能说"闭门造零件"，聊备参考。

我常想，启发尤重于授与。因为教学之最终目的，在学生能自求解决。（教师不能永远跟在学生背后。）且授亦授不尽的，各科教材只是"举一"，重要在学生自能"反三"。故教学之际，总须打算如何能使学生不待教而自通。以语文课言，选几百篇东西，并非要学生能了解此几百篇就算，还要做到使他们能自己阅读与这几百篇相类的东西，并能写相类的东西。

能多注意启发，教师才真起了主导作用。专顾授与，一切详尽

1　教师之为教，不在全盘授与，而在相机诱导。这是叶圣陶的语文教育理念，故选此篇为序。

地讲，教台成为教师个人的讲台，这不能算起了主导作用。

注意启发，自然会达到可不讲者就不讲。给指点一下，提出些学生所注意不到但是动一动脑筋就能解决的问题，这比直接给他们讲有益得多，因为是他们自己解决的，不是光听老师讲的。

不知道旁的课怎样，就语文课说，我很想提倡预习。预习是独立阅读的锻炼，学生读语文，目的之一就是要做到能独立阅读。预习之后再上课，听教师的讲，答教师的问，跟不预习大有不同。（仔细看注。查词典。或者查一些书。）

我很想提倡注意诵读。学生预习，要他们一边动脑筋，一边好好地读。教师范读，尤非讲究不可。理论文和说明文，逻辑地读。抒情文和诗歌，感情地读。记叙文的叙述部分和人物的对话部分，一要读出事情的过程，一要传出各个人物的语气神态。总之，语言的停顿、轻重、缓急，都要恰如其分。教师读得好，学生听着，就增进理解或感受，比之繁复的讲解，有时效果更好。同时，这对学生作文也有帮助。因为作文虽然用笔写在纸上，归根结底是语言方面的事，听老师的范读，自己能读好，语言运用就熟了。

若言教法，恐只能"见子打子"，亦即视各篇而异，一律对付，势必流于形式，无多实效。精简节约，抓住要害，以启发为主，不要怕学生伤脑筋，一滴一点都拿来给他们，大概是较有效的办法。

还要说一说练习。配合课文，作某一方面的练习，我以为不宜练过一回就算，以后还要加深，作变化，再作这方面的练习。因为学语文是养成习惯的事，必须锲而不舍，乃克奏效。

记叙文的时间、地点、环境，以及场景的转换，最宜用种种办法使学生弄清楚。记叙文的对话，在好文章里，一定有必要的作用，亦宜注意。（实际上的对话，必然不止于此。）

弄清楚这些，于读得透彻有助，也于作文练习有好处。

议论文姑以《师说》为例，选不选我还不知道。议论文首宜察其思路，即如何推理，达到结论。就此篇而言，首先确定"师"之概念。下接"惑"说，可见"惑"是"道"和"业"方面的"惑"。而"业"又包在"道"内，有"道"即有"业"。于是达到能解惑即可师，无分贵贱少长，"道之所存，即师之所存"。以上是一般原则。以下说现况，慨叹师道之不传，今人之多惑。今人不如古圣人，圣愚判然，皆由于此。孩子习句读，要叫他们从师，自己有惑，倒不从师。一般人"不耻相师"，士大夫倒耻于从师。这是士大夫中间师道不行的情况，也就是师道不行的例证。以下说"圣人无常师"，为什么"无常师"，这就归结到"无常师"的结论，宗旨在提倡恢复师道。

明白作者的思路，才能评其当否。读任何文章，必须经过一番思考，通体理解信服，接受才是真正的接受，于思想行动能起作用。至于读古文，那更要批判的接受。如此篇的概念，一般说，我们可以接受。"道"是政治、"业"是业务。但是按具体内容说，彼之道与我们今日之道完全不同。"道之所存，即师之所存"，我们也可以接受。"弟子不必不如师……"几句更可以接受，我们看报，天天见到这样的例证。

但是他说古圣人出人远，今人远不如古圣人，这是崇古思想。他说"巫医乐师百工之人"不耻相师，而语气之间透露轩轾之意，跟我们尊重和热爱劳动大众相反（其中宜除去"巫"）。这都非批判不可。

我们既要读古文，必须随时养成批判的能力。这不仅对本篇，尤其要为学生自己读古书作准备。

诗歌与散文不同。散文无论什么体裁，总是有始有终的，或以事情的经过为线索，或以推断的进展为线索，或作补说补叙，总要交代清楚。诗歌则给你些最强最深的印象，不一定有发端和收尾，且往往是跳跃式的（诗中很少用连词），要由读者凭想象去联系起来。这个不同应指点清楚，或使自己体会，或与直接说明。这跟阅读诗歌有关，也跟写作诗歌有关。随便说几句话，分行写，不一定是诗。

诗歌的语言也与散文不同。如"直上重霄九""五岭逶迤腾细浪，乌蒙磅礴走泥丸"，诗中可以，散文就不可以。这一点也必须弄清楚，才能诵读诗歌而不致影响散文的写作。散文要照散文的格式。

文章单事翻其义，恐嫌不够，须逐渐积累，使熟于文言格式，知古今表达方式之异同。以《画蛇添足》为例。

"楚有……者""宋人有……揭之者""齐人有……而处室者"，"且"字、"亡"字、"舍人"（复数）文言尤须熟读，所以然。

题目是至善拟的

1962 年 11 月 17 日讲

目录

阅读与指导

写作与指导

文学鉴赏

阅读与指导

活读运心智，不为书奴仆

培养阅读能力是语文学习的一个目标。阅读能力
的掌握与否，很大程度上取决于阅读方法是否得
当。方法不妥当，结果就会事倍功半，收效很小，
进而就会失去阅读的兴致和耐心。所以阅读是一
门学问，该如何阅读，叶圣陶先生总结得非常精辟：
活读运心智，不为书奴仆。

善于读书的人不钻牛角尖，从书中获取有益的知
识，学以致用，提高语文素养，这才是真正地将
书读活，也是读书的目的。

阅读是写作的基础

  在中小学语文教学中，基础知识和基本训练都重要，我看更要着重训练。什么叫训练呢？就是要使学生学的东西变成他们自己的东西。譬如学一个字，要他们认得，不忘记，用得适当，就要训练。语文方面许多项目都要经过不断练习，锲而不舍，养成习惯，才能变成他们自己的东西。现在语文教学虽说注意练习，其实练得不太多，这就影响学生掌握基础知识。老师对学生要求要严格。严格不是指老师整天逼着学生练这个练那个，使学生气都透不过来，而是说凡是要学生练习的，不要练过一下就算，总要经常引导督促，直到学的东西变成他们自己的东西才罢手。

  有些人把阅读和写作看作不甚相干的两回事，而且特别着重写作，总是说学生的写作能力不行，好像语文程度就只看写作程度似的。阅读的基本训练不行，写作能力是不会提高的。常常有人要求出版社出版"怎样作文"之类的书，好像有了这类书，依据这类书指导作文，写作教学就好办了。实际上写作基于阅读。老师教得好，学生读得好，才写得好。这样，老师临时指导和批改作文既可以少辛苦些，学生又可以多得到些实益。

阅读课要讲得透。叫讲得透，无非是把词句讲清楚，把全篇讲清楚，作者的思路是怎样发展的，感情是怎样表达的，诸如此类。有的老师热情有余，可是本钱不够，办法不多，对课文不能透彻理解，总希望求助于人，或是请一位高明的老师给讲讲，或是靠集体备课。这不是从根本上解决问题的办法。功夫还在自己。只靠从别人那里拿来，自己不下功夫或者少下功夫，是不行的。譬如文与道的问题。人家说文与道该是统一的，你也相信文与道该是统一的，但是讲课文，该怎样讲才能体现文道统一，还得自辟蹊径。如果词句不甚了解，课文内容不大清楚，那就谈不到什么文和道了。原则可以共同研究商量，怎样适当地应用原则还是靠自己。根本之点还是透彻理解课文。所以靠拿来不行，要自己下功夫钻研。

我去年到外地，曾经在一些学校听语文课。有些老师话说得很多，把四十五分钟独占了。其实许多话是大可不讲的。譬如课文涉及农村人民公社，就把课文放在一旁，大讲农村人民公社的优越性。这个办法比较容易，也见得热情，但是不能说完成了语文课的任务。

在课堂里教语文，最终目的在达到"不需要教"，使学生养成这样一种能力，不待老师教，自己能阅读。学生将来经常要阅读，老师能经常跟在他们背后吗？因此，一边教，一边要逐渐为"不需要教"打基础。打基础的办法，也就是不要让学生只是被动地听讲，而要想方设法引导他们在听讲的时候自觉地动脑筋。老师独占四十五分钟固然不适应这个要求，讲说和发问的时候启发性不多，也不容易使学生自觉地动脑筋。怎样启发学生，使他们自觉地动脑筋，是老师备课极重要的项目。这个项目做到了，老师才真起了主导作用。

听见有些老师和家长说，现在学生了不起，一部《创业史》两天就看完了，颇有点儿沾沾自喜。我想，且慢鼓励，最要紧的是查一查读得怎么样，如果只是眼睛在书页上跑过，只知道故事的极简略的梗概，那不能不认为只是马马虎虎地读。马马虎虎地读是不值得鼓励的。一部《创业史》没读好，问题不算大。养成了马马虎虎的读书习惯，可要吃一辈子的亏。阅读必须认真，先求认真，次求迅速，这是极重要的基本训练。要在阅读课中训练好。

阅读习惯不良，一定会影响到表达，就是说，写作能力不容易提高。因此，必须好好教阅读课。譬如讲文章须有中心思想。学生听了，知道文章须有中心思想，但是他说："我作文就是抓不住中心思想。"如果教好阅读课，引导学生逐课逐课地体会，作者怎样用心思，怎样有条有理地表达出中心思想，他们就仿佛跟作者一块儿想过考虑过，到他们自己作文的时候，所谓熟门熟路，也比较容易抓住中心思想了。

总而言之，阅读是写作的基础。

作文出题是个问题。最近有一个学校拿来两篇作文让我看看，是初中三年级学生写的，题目是"伟大鲁迅的革命精神"。两篇里病句很多，问我该怎样教学生避免这些病句。我看，病句这么多，毛病主要出在题目上。初中学生读了鲁迅的几篇文章，就要他们写鲁迅的革命精神。他们写不出什么却要勉强写，病句就不一而足了。

有些老师说"难忘的一件事""我的母亲"之类的题目都出过了，要找几个新鲜题目，搜索枯肠，难乎其难。我想，现在老师都是和学生经常在一起的，对学生了解得多，出题目该不会很困难。

有些老师喜欢大家挂在口头的那些好听的话，学生作文写上那些话，就给圈上红圈。学生摸准老师喜欢这一套，就几次三番地来这一套，常常得五分。分数是多了，可是实际上写作能力并没提高多少。特别严重的是习惯于这一套，往深处想和写出自己真情实意的途径就给挡住了。

老师改作文是够辛苦的。几十本，一本一本改，可是劳而少功。是不是可以改变方法呢？我看值得研究。要求本本精批细改，事实上是做不到的。与其事后辛劳，不如事前多作准备。平时不放松口头表达的训练，多注意指导阅读，钻到学生心里出题目，出了题目作一些必要的启发，诸如此类，都是事前准备。作了这些准备，改作文大概不会太费事了，而学生得到的实益可能多些。

揣摩

　　一篇好作品，只读一遍未必能理解得透。要理解得透，必须多揣摩。读过一遍再读第二第三遍，自己提出些问题来自己解答，是有效办法之一。说有效，就是增进理解的意思。

　　空说不如举例。现在举鲁迅的《孔乙己》为例，因为这个短篇大家熟悉。

　　读罢《孔乙己》，就知道用的是第一人称写法。可是篇中的"我"是咸亨酒店的小伙计，并非鲁迅自己，咱们确切知道鲁迅幼年没当过酒店小伙计。这就可以提出个问题：鲁迅为什么要假托这个小伙计，让这个小伙计说孔乙己的故事呢？

　　用第一人称写法说孔乙己，篇中的"我"就是鲁迅自己，这样写未尝不可以，但是写成的小说会是另外一个样子，跟咱们读到的《孔乙己》不一样。大概鲁迅要用最简要的方法，把孔乙己活动的范围限制在酒店里，只从孔乙己到酒店里喝酒这件事上表现孔乙己。

那么，能在篇中充当"我"的唯有在场的人。在场的人有孔乙己，有掌柜，有其他酒客，都可以充当篇中的"我"，但是都不合鲁迅的需要，因为他们都是被观察被描写的对象。对于这些对象，须有一个观察他们的人。于是假托一个在场的小伙计，让他来说孔乙己的故事。小伙计说的只限于他在酒店里的所见所闻，可是，如果咱们仔细揣摩，就能从其中得到不少东西。

连带想到的可能是如下的问题：幼年当过酒店小伙计的一个人，忽然说起二十多年前的故事来，是不是有点儿不自然呢？

仔细一看，鲁迅交代清楚了。原来小伙计专管温酒，觉得单调，觉得无聊，"只有孔乙己到店，才可以笑几声，所以至今还记得"。至今还记得，说给人家听听，那是很自然的。

从这儿又可以知道第一第二两节并非闲笔墨。既然是说当年在酒店里的所见所闻，当然要说一说酒店的大概情况，这就来了第一节。一个十几岁的孩子勉勉强强留在酒店里当小伙计，这也"侍候不了"，那也"干不了"，只好站在炉边温酒，他所感到的单调和无聊可以想见。因此，第二节就少不得。有了这第二节，又在第三节里说"掌柜是一副凶脸孔，主顾也没有好声气"，那么"只有孔乙己到店，才可以笑几声"的经历，自然深印脑筋，历久不忘了。

故事从"才可以笑几声"说起，以下一连串说到笑。孔乙己一到，"所有喝酒的人便都看着他笑"。"众人都哄笑起来，店内外充满了快活的空气"，说了两回。在这些时候，小伙计"可以附和着笑"。掌柜像许多酒客一样，问孔乙己一些话，"引人发笑"。此外还有好几处说到笑，不再列举了。注意到这一点，就会提出这样的问题：这篇小说简直是用"笑"贯穿着的，取义何在呢？

小伙计因为"才可以笑几声"而记住孔乙己，自然用"笑"贯穿着他所说的故事；这是最容易想到的回答。但是不仅如此。

故事里被笑的是孔乙己一个人，其他的人全是笑孔乙己的。这不是表明孔乙己的存在只能作为供人取笑的对象吗？孔乙己有他的悲哀，有他的缺点，他竭力想跟小伙计搭话，他有跟别人交往的殷切愿望。所有在场的人可全不管这些，只是把孔乙己取笑一阵，取得无聊生涯中片刻的快活。这不是表明当时社会里人跟人的关系，冷漠无情到叫人窒息的地步吗？为什么会冷漠无情到这样地步，故事里并没点明，可是咱们从这一点想开去，不是可以想得很多吗？

第九节是这么一句话："孔乙己是这样的使人快活，可是没有他，别人也便这么过。"这句话单独作一节搁在这儿，什么用意呢？

最先想到的回答大概是结束上文。上文说孔乙己到来使酒店里的人怎样怎样快活，这儿结束一下，就说他"是这样的使人快活"。这样回答当然没有错。但是说"可是没有他，别人也便这么过"，又是什么意思呢？这不是说孔乙己来不来，存在不存在，全跟别人没有什么关系吗？别人的生涯反正是无聊，孔乙己来了，把他取笑一阵，仿佛觉得快活，骨子里还是无聊；孔乙己不来，没有取笑的对象，也不过是个无聊罢了，这就叫"也便这么过"。"也便这么过"只五个字，却是全篇气氛的归结语，又妙在确然是小伙计的口吻。当年小伙计在酒店里，专管温酒的无聊职务，不是"也便这么过"吗？

还有不少问题可以提出，现在写一些在这儿。

第一节说酒店的大概情况，点明短衣帮在哪儿喝，穿长衫的在哪儿喝，跟下文哪一处有密切的联系呢？

开始说孔乙己的形象，用"身材很高大；青白脸色，皱纹间时常夹些伤痕；一部乱蓬蓬的花白的胡子"这些话是仅仅交代形象呢，还是在交代形象之外，还含有旁的意思要咱们自己领会？

为什么"孔乙己一到店，所有喝酒的人便都看着他笑"呢？

孔乙己说的话，别人说的话，都非常简短。他们说这些简短的话的当时，动机是什么，情绪是怎样呢？

孔乙己的话里有"污人清白""窃书""君子固穷""多乎哉？不多也"之类的文言。这除了照实摹写孔乙己的口吻之外，有没有旁的作用呢？

孔乙己到店时候的情形，有泛叙，有特叙，泛叙叙经常的情形，特叙叙某一天的情形。如果着眼在这一点上，是不是可以看出分别用泛叙和特叙的作用呢？

掌柜看孔乙己的账，一次是中秋，一次是年关，一次是第二年的端午，为什么呢？

诸如此类的问题，还可以提许多。

几个人读同一篇作品，各自提出些问题，决不会个个相同，但是可能个个都有价值，足以增进理解。

理解一篇作品，当然着重在它的主要意思。但是主要意思是靠全篇的各个部分烘托出来的，所以各个部分都不能轻轻放过。

体会各个部分，总要不离作品的主要意思。提出来的必须是合情合理的值得揣摩的问题。要是硬找些不相干的问题来抠，那就没有意义了。

精读的指导 [1]

　　在指导以前，得先令学生预习。预习原很通行，但是要收到实效，方法必须切实，考查必须认真。现在请把学生应做的预习工作分项说明于下。

一　通读全文

　　理想的办法，国文教本要有两种本子：一种是不分段落，不加标点的，供学生预习用；一种是分段落，加标点的，待预习过后才拿出来对勘。这当然办不到。可是，不用现成教本而用油印教材的，那就可以在印发的教材上不给分段落，也不给加标点，令学生在预习时候自己用铅笔分段落，加上标点。到上课时候，由教师

1　选自《精读指导举隅·前言》。

或几个学生通读，全班学生静听，各自拿自己预习的成绩来对勘；如果自己有错误，就用墨笔订正。这样，一份油印本就有了两种本子的功用了。现在的书籍报刊都分段落，加标点，从著者方面说，在表达的明确上很有帮助；从读者方面说，阅读起来可以便捷不少。可是，练习精读，这样的本子反而把学者的注意力减轻了。既已分了段落，加了标点，就随便看下去，不再问为什么要这样分，这样点，这是人之常情。在这种常情里，恰恰错过了很重要的练习机会。若要不放过这个机会，唯有令学生用一种只有文字的本子去预习，在怎样分段、怎样标点上用一番心思。预习的成绩当然不免有错误，然而不足为病。除了错误以外，凡是不错误的地方都是细心咬嚼过来的，这将是终身的受用。

假如用的是现成教本，或者虽用油印教材，而觉得只印文字颇有不便之处，那就只得退一步设法，令学生在预习的时候，对于分段标点作一番考核的功夫。为什么在这里而不在那里分段呢？为什么这里该用逗号而那里该用句号呢？为什么这一句该用惊叹号而不该用疑问号呢？这些问题，必须自求解答，说得出个所以然来。还有，现成教本是编辑员的产品，油印教材大都经教师加过工，"智者千虑，必有一失"，岂能完全没有错误？所以，不妨再令学生注意，不必绝对信赖印出来的教本与教材，最要紧的是用自己的眼光通读下去，看看是不是应该这样分段，这样标点。

要考查这一项预习的成绩怎样，得在上课时候指名通读。全班学生也可以借此对勘，订正自己的错误。读法通常分为两种：一种是吟诵，一种是宣读。无论文言白话，都可以用这两种读法来读。

文言的吟诵，各地有各地的调子，彼此并不一致；但是都为了传出文字的情趣，畅发读者的感兴。白话一样可以吟诵，大致与话剧演员念台词差不多，按照国语的语音，在抑扬顿挫表情传神方面多多用功夫，听者移情动容。现在有些小学校里吟诵白话与吟诵文言差不多，那是把"读"字呆看了。吟诵白话必须按照国语的语音，国语的语音运用得到家，才是白话的最好的吟诵。至于宣读，只是依照对于文字的理解，平正地读下去，用连贯与间歇表示出句子的组织与前句和后句的分界来。这两种读法，宣读是基本的一种；必须理解在先，然后谈得到传出情趣与畅发感兴。并且，要考查学生对于文字理解与否，听他的宣读是最方便的方法。比如《泷冈阡表》的第一句，假如宣读作"呜呼！唯我皇——考崇公卜——吉于泷冈——之六十年，其子修始——克表于其阡，非——敢缓也，盖有待也"。这就显然可以察出，读者对于"皇考""崇公""卜吉""六十年"与"卜吉于泷冈"的关系，"始"字、"克"字、"表"字及"非"字、"敢"字、"缓"字缀合在一起的作用，都没有理解。所以，上课时候指名通读，应该用宣读法。

二　认识生字生语

通读全文，在知道文章的大概；可是要能够通读下去没有错误，非先把每一个生字生语弄清楚不可。在一篇文章里，认为生字生语的，各人未必一致，只有各自挑选出来，依赖字典辞典的翻检，得到相当的认识。所谓认识，应该把它解作最广义。仅仅知道生字生语的读音与解释，还不能算充分认识；必须熟习它的用例，知道它在某一种场合才可以用，用在另一种场合就不对了，这才真个认识了。说到字典辞典，我们真惭愧，国文教学的受重视至少有二十年了，可是还没有一本适合学生使用的字典辞典出世，现在所有的，字典脱不了《康熙字典》的窠臼，辞典还是《辞源》称霸，对学习国文的学生都不很相宜。通常英文字典有所谓"求解""作文"两用的，学生学习国文，正需要这一类的国文字典辞典。一方面知道解释，另一方面更知道该怎么使用，这才使翻检者对于生字生语具有彻底的认识。没有这样的字典辞典，学生预习效率就不会很大。但是，使用不完善的工具总比不使用工具强一点；目前既没有更适用的，就只得把属于《康熙字典》系统的字典与称霸当世的《辞源》将就应用。这当儿，教师不得不多费一点心思，指导学生搜集用例，或者搜集了若干用例给学生，使学生自己去发现生字生语的正当用法。

学生预习，通行写笔记，而生字生语的解释往往在笔记里占大部分篇幅。这原是好事情，记录下来，印象自然深一层，并且可以备往后的考查。但是，学生也有不明白写笔记的用意的；他们因为教师要他们交笔记，所以不得不写笔记。于是，有胡乱抄了几条字典辞典的解释就此了事的；有遗漏了真该特别注意的字语而仅就寻常字语解释一下拿来充数的。前者胡乱抄录，未必就是那个字语在本文里的确切意义；后者随意挑选，把应该注意的反而放过了；这对于全文的理解都没有什么帮助。这样的笔记交到教师手里，教师辛辛苦苦地把它看过，还要提起笔来替它订正，实际上对学生没有多大益处，因为学生并没有真预习。所以，须在平时使学生养成一种观念与习惯，就是：生字生语必须依据本文，寻求那个字语的确切意义；又必须依据与本文相类和不相类的若干例子，发现那个字词的正当用法。至于生字生语的挑选，为了防止学生或许会有遗漏，不妨由教师先行尽量提示，指明这一些字词是必须弄清楚的。这样，学生预习才不至于是徒劳，写下来的笔记也不至于是循例的具文[1]。

要考查学生对于生字生语的认识程度怎样，可以看他的笔记，也可以听他的口头回答。比如《泷冈阡表》第一句里"始克表于其阡"的"克"字，如果解作"克服"或"克制"，那显然是没有照顾本文，随便从字典里取了一个解释。如果解作"能够"，那就与本文切合了，可见是用了一番心思的。但是还得进一步研求："克"既然作"能够"解，"始克表于其阡"可不可以写作"始能表于其阡"呢？对于这个问题，如果仅凭直觉回答说，"意思也一样，不过有点不顺适"，那是不够的。这须得研究"克"和"能"的同和异。在古代，"克"与"能"用法是一样的，后来渐渐分化了。"能"字被认为常用字，直到如今；"克"字成为古字，在通常表示"能够"意义的场合上就不大用它。在文句里面，丢开常用字不用，而特地用那同义的古字，除了表示相当意义以外，往往还带着郑重、庄严、虔敬等等情味。"始克表于其阡"一语，用了"能"字的同义古字"克"字，见得作者对于"表于其阡"的事情看得非常郑重，不敢随便着手，这

1　徒具形式而无实际作用的规章制度。

正与全文的情味相应。若作"始能表于其阡"，就没有那种情味，仅仅表明方始"能够"表于其阡而已。所以直觉地看，也辨得出它有点不顺适了。再看这一篇里，用"能"字的地方很不少，如"吾何恃而能自守邪""然知汝父之能养也""吾不能知汝之必有立""故能详也""吾儿不能苟合于世""汝能安之"。这几个"能"字，作者都不换用"克"字，因为这些语句都是传达母亲的话，无须带着郑重、庄严、虔敬等等情味；并且，用那常用的"能"字，正切近于语言的自然。用这一层来反证，更可以见得"始克表于其阡"的"克"字，如前面所说，是为着它有特别作用才用了的。——像这样的讨究，学生预习时候未必人人都做得来；教师在上课时候说给他们听，也嫌烦琐一点。但是简单扼要地告诉他们，使他们心知其故，还是必需的。

学生认识生字生语，往往有模糊笼统的毛病，用句成语来说，就是"不求甚解"。曾见作文本上有"笑颜逐开"四字，这显然是没有弄清楚"笑逐颜开"究竟是什么意义，只知道在说到欢笑的地方仿佛有这么四个字可以用，结果却把"逐颜"两字写颠倒了。又曾见"万卷空巷"四字，单看这四个字，谁也猜不出是什么意义；但是连着上下文一起看，就知道原来是"万人空巷"；把"人"字忘记了，不得不找一个字来凑数，而"卷"字与"巷"字字形相近，因"巷"字想到"卷"字，就写上了"卷"字。这种错误全由于当初认识的时候太疏忽了，意义不曾辨明，语序不曾念熟，怎能不闹笑话？所以令学生预习，必须使他们不犯模糊笼统的毛病；像初见一个生人一样，一见面就得看清他的形貌，问清他的姓名职业。

这样成为习惯，然后每认识一个生字生语，好像积钱似的，多积一个就多加一分财富的总量。

三　解答教师所提示的问题

一篇文章，可以从不同的观点去研究它。如作者意念发展的线索，文章的时代背景，技术方面布置与剪裁的匠心，客观上的优点与疵病，这些就是所谓不同的观点。对于每一个观点，都可以提出问题，令学生在预习的时候寻求解答。如果学生能够解答得大致不错，那就真个做到了"精读"两字——"精读"的"读"字原不是仅指"吟诵"与"宣读"而言的。比较艰深或枝节的问题，估计不是学生所必须知道的，当然不必提出。但是，学生应该知道而未必能自行解答的，却不妨预先提出，让他们去动一动天君，查一查可能查到的参考书。他们经过了自己的一番摸索，或者是略有解悟，或者是不得要领，或者是全盘错误，这当儿再来听教师的指导，印入与理解的程度一定比较深切。最坏的情形是指导者与领受者彼此不相应，指导者只认领受者是一个空袋子，不问情由把一些叫作知识的东西装进去。空袋子里装东西进去，还可以容受；完全不接头的头脑里装知识进去，能不能容受却是说不定的。

这一项预习的成绩，自然也得写成笔记，以便上课讨论有所依据，往后更可以覆案、查考。但是，笔记有敷衍了事的，有精心撰写的。随便从本文里摘出一句或几句话来，就算是"全文大意"

与"段落大意"；不赅不备地列几个项目，挂几条线，就算是"表解"；没有说明，仅仅抄录几行文字，就算是"摘录佳句"；这就是敷衍了事的笔记。这种笔记，即使每读一篇文字都做，做上三年六年，实际上还是没有什么好处。所以说，要学生作笔记自然是好的，但是仅仅交得出一本笔记，这只是形式上的事情，要希望收到实效，还不得不督促学生凡作笔记务须精心撰写。所谓精心撰写也不须求其过高过深，只要写下来的东西真是他们自己参考与思索得来的结果，就好了。参考要有路径，思索要有方法，这不单是知识方面的事，而且是习惯方面的事，习惯的养成在教师的训练与指导。学生拿了一篇文章来预习，往往觉得茫然无从下手。教师要训练他们去参考，指导他们去思索，最好给他们一种具体的提示。比如读《泷冈阡表》，这一篇是作者叙述他的父亲，就可以教他们取相类的文章归有光的《先妣事略》来参考，看两篇的取材与立意上有没有异同；如果有的话，为什么有。又如《泷冈阡表》里有叙述赠封三代的一段文字，好像很啰唆，就可以教他们从全篇的立意上思索，看这一段文字是不是不可少的；如果不可少的话，为什么不可少。这样具体地给他们提示，他们就不至于茫然无从下手，多少总会得到一点成绩。时时这样具体地给他们提示，他们参考与思索的习惯渐渐养成，写下来的笔记再也不会是敷衍了事的了。即使所得的解答完全错误，但是在这以后得到教师或同学的纠正，一定更容易心领神会了。

上课时候令学生讨论，由教师做主席、评判人与订正人，这是很通行的办法。但是讨论要进行得有意义，第一要学生在预习的时候准备得充分，如果准备不充分，往往会与虚应故事的集会一样，或是等了好久没有一个人开口，或是有人开口了只说一些无关痛痒的话。教师在无可奈何的情形之下，只得不再要学生发表什么，只得自己一个人滔滔汩汩地讲下去。这就完全不合讨论的宗旨了。第二还得在平时养成学生讨论问题，发表意见的习惯。听取人家的话，评判人家的话，用不多不少的话表白自己的意见，用平心静气的态度比勘自己的与人家的意见，这些都要历练的。如果没有历练，虽然胸中仿佛有一点准备，临到讨论是不一定敢于发表的。这种习惯的养成不仅是国文教师的事情，所有教师都得负责。不然，学生成为只能听讲的被动人物，任何功课的进步至少要减少一半。——学生事前既有充分的准备，平时又有讨论的习惯，临到讨论才会人人发表意见，不至于老是某几个人开口。所发表的意见又都切合着问题，不至于胡扯乱说，全不着拍。这样的讨论，在实际的国文教室里似乎还不易见到；然而要做到名副其实的讨论，却非这样不可。

讨论进行的当儿，有错误给与纠正，有疏漏给与补充，有疑难给与阐明，虽说全班学生都有份儿，但是最后的责任还在教师方面。教师自当抱着客观的态度，就国文教学应有的观点说话。现在已经规定要读白话了，如果还说白话淡而无味，没有读的必要；或者教师自己偏爱某一体文字，就说除了那一体文字都不值一读；就未免偏于主观，违背了国文教学应有的观点了。讲起来，滔滔汩汩连续到三十五十分钟，往往不及简单扼要讲这么五分十分钟容易使学生印入得深切。即使教材特别繁复，非滔滔汩汩连续到三十五十分钟不可，也得在发挥完毕的时候，给学生一个简明的提要。学生凭这个提要，再去回味那滔滔汩汩的讲说，就好像有了一条索子，把散开的钱都穿起来了。这种简明的提要，当然要让学生写在笔记本上；尤其重要的是写在他们心上，让他们牢牢记住。

课内指导之后，为求涵咀[1]得深，研讨得熟，不能就此过去，还得有几项事情要做。现在请把学生应做的练习工作分项说明如下。

（一）吟诵

在教室内通读，该用宣读法，前面已经说过。讨究完毕以后，学生对于文章的细微曲折之处都弄清楚了，就不妨指名吟诵。或者先由教师吟诵，再令学生仿读。自修的时候，尤其应该吟诵；只要声音低一点，不妨碍他人的自修。原来国文和英文一样，是语文学科，不该只用心与眼来学习；须在心与眼之外，加用口与耳才好。吟诵就是心、眼、口、耳并用的一种学习方法。从前人读书，多数不注重内容与理法的讨究，单在吟诵上用功夫，这自然不是好办法。现在国文教学，在内容与理法的讨究上比从前注重多了；可是学生吟诵的功夫太少，多数只是看看而已。这又是偏向了一面，丢开了一面。唯有不忽略讨究，也不忽略吟诵，那才全而不偏。吟诵的时候，对于讨究所得的不仅理智地了解，而且亲切地体会，不

---

1 涵，沉浸。咀，咀嚼。比喻推求、体味。

知不觉之间，内容与理法化而为读者自己的东西了，这是最可贵的一种境界。学习语文学科，必须达到这种境界，才会终身受用不尽。

一般的见解，往往以为文言可以吟诵，白话就没有吟诵的必要。这是不对的。只要看戏剧学校与认真演习的话剧团体，他们练习一句台词，不惜反复订正，再四念诵，就可以知道白话的吟诵也大有讲究。多数学生写的白话为什么看起来还过得去，读起来就少有生气呢？原因就在他们对于白话仅用了心与眼，而没有在口与耳方面多用功夫。多数学生登台演说，为什么有时意思还不错，可是语句往往杂乱无次，语调往往不合要求呢？原因就在平时对于语言既没有训练，国文课内对于白话又没有好好儿吟诵。所以这里要特别提出，白话是与文言一样需要吟诵的。白话与文言都是语文，要亲切地体会白话与文言的种种方面，都必须花一番功夫去吟诵。

吟诵的语调，有客观的规律。语调的差别，不外乎高低、强弱、缓急三类。高低是从声带的张弛而来的分别。强弱是从肺部发出空气的多少而来的分别。缓急是声音与时间的关系，在一段时间内，发音数少是缓，发音数多就是急。吟诵一篇文章，无非依据对于文章的了解与体会，错综地使用这三类语调而已。大概文句之中的特别主眼 [1]，或是前后的词彼此关联照应的，发声都得高一点。就一句来说，如意义未完的文句，命令或呼叫的文句，疑问或惊讶的文句，都得前低后高。意义完足的文句，祈求或感激的文句，都得前高后低。再说强弱。表示悲壮、快活、叱责或慷慨的文句，

1　这里指着眼点。

句的头部宜加强。表示不平、热诚或确信的文句，句的尾部宜加强。表示庄重、满足或优美的文句，句的中部宜加强。再说缓急。含有庄重、畏敬、谨慎、沈郁[1]、悲哀、仁慈、疑惑等等情味的文句，须得缓读。含有快活、确信、愤怒、惊愕、恐怖、怨恨等等情味的文句，须得急读。以上这些规律，都应合着文字所表达的意义与情感，所以依照规律吟诵，最合于语言的自然。上面所说的三类声调，可以用符号来表示，如把"·"作为这个字发声须高一点的符号，把"△"作为这一句该前低后高的符号，把"▽"作为这一句该前高后低的符号，把"∨"作为句的头部宜加强的符号，把"∧"作为句的尾部宜加强的符号，把"◇"作为句的中部宜加强的符号，把"一"作为急读的符号，把"——"作为缓读的符号，把"〰"作为不但缓读而且须摇曳生姿的符号。在文字上记上符号，练习吟诵就不至于漫无凭依。符号当然可以随意规定，多少也没有限制，但是应用符号总是对教学有帮助的。

　　吟诵第一求其合于规律，第二求其通体纯熟。从前书塾里读书，学生为了要早一点到教师跟前去背诵，往往把字句勉强记住。这样强记的办法是要不得的，不久连字句都忘记了，还哪里说得上体会？令学生吟诵，要使他们看作一种享受而不看作一种负担。一遍比一遍读来入调，一遍比一遍体会亲切，并不希望早一点能够背诵，而自然达到纯熟的境界。抱着这样享受的态度是吟诵最易得益的途径。

1　亦作"沉郁"。

（二）参读相关的文章

精读文章，每学年至多不过六七十篇。初中三年，所读仅有两百篇光景，再加上高中三年，也只有四百篇罢了。倘若死守着这几百篇文章，不用旁的文章来比勘，印证，就难免化不开来，难免知其一不知其二。所以，精读文章，只能把它认作例子与出发点；既已熟习了例子，占定了出发点，就得推广开来，阅读略读书籍，参读相关文章。这里不谈略读书籍，单说所谓相关文章。比如读了某一体文章，而某一体文章很多，手法未必一样，大同之中不能没有小异；必须多多接触，方能普遍领会某一体文章的各方面。或者手法相同，而相同之中不能没有个优劣得失；必须多多比较，方能进一步领会优劣得失的所以然。并且，课内精读文章是用细琢细磨的功夫来研讨的；而阅读的练习，不但求其理解明确，还须求其下手敏捷，老是这样细磨细琢，一篇文章研讨到三四个钟头，是不行的。参读相关文章就可以在敏捷上历练；能够花一两个钟头把一篇文章弄清楚固然好，更敏捷一点只花半个钟头一个钟头尤其好。参读的文章既与精读文章相关，怎样剖析，怎样处理，已经在课内受到了训练，求其敏捷当然是可能的。这种相关文章可以从古今"类选""类纂"一类的书本里去找。学生不能自己置备，学校的图书室不妨多多陈列，供给学生随时参读。

请再说另一种意义的相关文章。夏丏尊先生在一篇说给中学生听的题目叫作《阅读什么》的演讲辞里，有以下的话：

诸君在国文教科书里读到了一篇陶潜的《桃花源记》，……这篇文字是晋朝人做的，如果诸君觉得和别时代人所写的情味有些两样，要想知道晋代文的情形，就会去翻中国文学史；这时文学史就成了诸君的参考书。这篇文字里所写的是一种乌托邦思想，诸君平日因了师友的指教，知道英国有一位名叫马列斯的社会思想家，写过一本《理想乡消息》，和陶潜所写的性质相近，拿来比较；这时《理想乡消息》就成了诸君的参考书。这篇文字是属于记叙一类的，诸君如果想明白记叙文的格式，去翻看记叙文作法；这时记叙文作法就成了诸君的参考书。还有，这篇文字的作者叫陶潜，诸君如果想知道他的为人，去翻《晋书·陶潜传》或陶集；这时《晋书》或陶集就成了诸君的参考书。

　　这一段演讲里的参考书就是这里所谓另一种意义的相关文章。像这样把精读文章作为出发点，向四面八方发展开来，那么，精读了一篇文章，就可以带读许多书，知解与领会的范围将扩张到多么大啊！学问家的广博与精深差不多都从这个途径得来。中学生虽不一定要成学问家，但是这个有利的途径是该让他们去走的。

　　其次，关于语调与语文法的揣摩，都是愈熟愈好。精读文章既已到了纯熟的地步，再取语调与语文法相类似的文章来阅读，纯熟的程度自然更进一步。小孩子学说话，能够渐渐纯熟而没有错误，不单是从父母方面学来的；他从所有接触的人方面去学习，才会成功。在精读文章以外，再另读一些相类似的文章，比之于小孩子学说话，就是要他们从所有接触的人方面去学习。

（三）应对教师的考问

学生应对考问是很通常的事情。但是对于应对考问的态度未必一致。有尽其所知所能，认真应对的；有不负责任，敷衍应对的；有提心吊胆，战战兢兢地只着眼于分数的多少的。以上几种态度，自然第一种最可取。把所知所能尽量拿出来，教师就有了确实的凭据，知道哪一方面已经可以了，哪一方面还得督促。考问之后，教师按成绩记下分数；分数原是备稽考的，分数多不是奖励，分数少也不是惩罚，分数少到不及格，那就是学习成绩太差，非赶紧努力不可。这一层，学生必须明白认识。否则误认努力学习只是为了分数，把切己的事情看作身外的事情，就是根本观念错误了。

教师记下了分数，当然不是指导的终结，而是加工的开始。对于不及格的学生，尤须设法给他们个别的帮助。分数少一点本来没有什么要紧；但是分数少正表明学习成绩差，这是热诚的教师所放心不下的。

考查的方法很多，如背诵、默写、简缩、扩大、摘举大意、分段述要、说明作法、述说印象，也举不尽许多。这里不想逐项细说，只说一个消极的原则，就是：不足以看出学生学习成绩的考问方法最好不要用。比如教了《泷冈阡表》之后，考问学生说："欧阳修的父亲做过什么官？"这就是个不很有意义的考问。文章里明明写着"为道州判官，泗绵二州推官，又为泰州判官"，学生精读了一阵，连这一点也不记得，还说得上精读吗？学生回答得出这样的问题，也无从看出他的学习成绩好到怎样。所以说它不很有意义。

考问往往在精读一篇文章完毕或者月考期考的时候举行；除此之外，通常不再顾及，一篇文章讨究完毕就交代过去了。这似乎不很妥当。从前书塾里读书，既要知新，又要温故，在学习的过程中，匀出一段时间来温理 [1] 以前读过的，这是个很好的办法。现在教学国文，应该采取它。在精读几篇文章之后，且不要上新的；把以前读过的温理一下，回味那已有的了解与体会，更寻求那新生的了解与体会，效益决不会比上一篇新的来得少，这一点很值得注意，所以附带在这里说一说。

1　指复习整理。

徐志摩《我所知道的康桥》指导大概

　　康桥的灵性全在一条河上。康河，我敢说，是全世界最秀丽的一条河水。河身多的是曲折，上游是有名的拜伦潭，当年拜伦常在那里玩的。有一个老村子叫格兰骞斯德，有一个果子园，你可以躺在累累的桃李树荫下吃茶，花果会掉入你的茶杯，小雀子会到你桌上来啄食，那真是别有一番天地。这是上游。下游是从骞斯德顿下去，河面展开，那是春夏间竞舟的场所。上下河分界有一个坝筑，水流得很急。在星光下听水声，听近村晚钟声，听河畔倦牛刍草声，是我康桥经验中最神秘的一种：大自然的优美宁静，调谐在这星光与波光的默契中，不期然的淹入了你的性灵。（第一段）

　　这河身的两岸都是四季常青最葱翠的草坪。从校友居楼上望去，对岸草场上，不论早晚，永远有数十匹黄牛与白马，胫蹄没在恣蔓的草丛中，从容的在咬嚼。星星的黄花在风中动荡，应和着它们尾鬃的扫拂。桥的两端有斜倚的垂柳与槐荫护住。水是澈底的清澄，深不足四尺，匀匀地长着长条的水草。这岸边的草坪又是我的爱宠，在清朝，在傍晚，我常去这天然的织锦上坐地，有时读书，有时看水，有时仰卧着看天空的行云，有时反仆着搂抱大地的温软。（第二段）

但河上的风流还不止两岸的秀丽。你得买船去玩。船不止一种：有普通的双桨划船，有轻快的薄皮舟，有最别致的长形撑篙船。最末的一种是别处不常有的：约莫有二丈长，三尺宽，你站直在船艄上用长竿撑着走的。这撑是一种技术。我手脚太蠢，始终不曾学会。你初起手尝试时，容易把船身横住在河中，东颠西撞的狼狈。英国人是不轻易开口笑人的，但是小心他们不出声的皱眉！也不知有多少次，河中本来悠闲的秩序叫我这莽撞的外行给搅乱了。我真的始终不曾学会。每回我不服输跑去租船再试的时候，有一个白胡子的船家往往带讥讽的对我说：“先生，这撑船费劲，天热累人，还是拿个薄皮舟遛遛吧！”我哪里肯听话，长篙子一点就把船撑了开去，结果还是把河身一段段的腰斩了去！（第三段）

你站在桥上去看人家撑，那多不费劲，多美！尤其在礼拜天，有几个专家的女郎，穿一身缟素衣服，裙裾在风前悠悠的飘着，戴一顶宽边的薄纱帽，帽影在水草间颤动，你看她们出桥洞时的姿态，捻起一根竟像没分量的长竿，只轻轻地不经心地往波心里一点，身子微微的一蹲，这船身便波的转出了桥影，翠条鱼似的向前滑了去。她们那敏捷，那闲暇，那轻盈，真是值得歌咏的。（第四段）

在初夏阳光渐暖时，你去买一只小船，划去桥边荫下躺着，念你的书或是做你的梦，槐花香在水面上飘浮，鱼群的唼喋声在你的耳边挑逗。或是在初秋的黄昏，迎着新月的寒光，望上流僻静处远去。爱热闹的少年们携着他们的女友，在船沿上支着双双的东洋彩纸灯，带着话匣子，船心里用软垫铺着，也开向无人迹处去享他们的野福——谁不爱听那水底翻的音乐在静定的河上描写梦意与春光！（第五段）

　　住惯城市的人不易知道季候的变迁。看见叶子掉知道是秋，看见叶子绿知道是春，天冷了装炉子，天热了拆炉子，脱下棉袍，换上夹袍，脱下夹袍，穿上单袍：不过如此罢了。天上星斗的消息，地下泥土里的消息，空中风吹的消息，都不关我们的事。忙着哪，这样那样事情多着，谁耐烦管星星的移转，花草的消长，风云的变幻？同时我们抱怨我们的生活，苦痛，烦闷，拘束，枯燥，谁肯承认做人是快乐？谁不多少间咒诅人生？（第六段）

　　但不满意的生活大都是由于自取的。我是一个生命的信仰者，我信生活决不是我们大多数人仅仅从自身经验推得的那样暗惨。我们的病根是在"忘本"。人是自然的产儿，就比枝头的花与鸟是自然的产儿，但我们不幸是文明人，入世深似一天，离自然远似一天。离开了泥土的花草，离开了水的鱼，能快活吗？能生存吗？从大自然，我们取得我们的生命；从大自然，我们应分取得我们继续的滋养。哪一株婆娑的大木没有盘错的根柢深入在无尽藏的地里？我们是永远不能独立的。有幸福是永远不离母亲抚育的孩子，有健康是永远接近自然的人们。不必一定与鹿豕游，不必一定回"洞府"去，为医治我们当前生活的枯窘，只要"不完全遗忘自然"一张轻淡的药方，我们的病象就有缓和的希望。在青草里打几个滚，到海水里洗几次浴，到高处去看几次朝霞与晚照——你肩背上的负担就会轻松了去的。（第七段）

这是极肤浅的道理，当然。但我要没有过过康桥的日子，我就不会有这样的自信。我这一辈子就只那一春，说也可怜算是不曾虚度。就只那一春，我的生活是自然的，是真愉快的（虽则碰巧那也是我最感受人生痛苦的时期）。我那时有的是闲暇，有的是自由，有的是绝对单独的机会。说也奇怪，竟像是第一次，我辨认了星月的光明，草的青，花的香，流水的殷勤。我能忘记那初春的睥睨吗？曾经有多少个清晨，我独自冒着冷去薄霜铺地的林子里闲步——为听鸟语，为盼朝阳，为寻泥土里渐次苏醒的花草，为体会最微细最神妙的春信。啊，那是新来的画眉在那边调不尽的青枝上试它的新声！啊，这是第一朵小雪球花挣出了半冻的地面！啊，这不是新来的潮润沾上了寂寞的柳条？（第八段）

静极了，这朝来水溶溶的大道，只远处牛奶车的铃声点缀这周遭的沉默。顺着这大道走去，走到尽头，再转入林子里的小径，往烟雾浓密处走去，头顶是交枝的榆荫，透露着漠楞楞的曙色，再往前走去，走尽这林子，当前是平坦的原野，望见了村舍，初青的麦田，更远三两个馒头形的小山掩住了一条通道。天边是雾茫茫的，尖尖的黑影是近村的教寺。听，那晓钟和缓的清音！这一带是此邦中部的平原，地形像是海里的轻波，默沉沉的起伏，山岭是望不见的，有的是常青的草原与沃腴的田壤。登那土阜上望去，康桥只是一带茂林，拥戴着几处娉婷的尖阁。妩媚的康河也望不见踪迹，你只能循着那锦带似的林木想象那一流清浅。村舍与树木是这地盘上的棋子，有村舍处有佳荫，有佳荫处有村舍。这早起是看炊烟的时辰：朝雾渐渐的升起，揭开了这灰苍苍的天幕（最好是微霞后的光景），远近的炊烟，成丝的，成缕的，成卷的，较快的，迟重的，浓灰的，淡青的，惨白的，在静定的朝气里渐渐的上腾，渐渐的不见，仿佛是朝来人们的祈祷参差的翳入了天听。朝阳是难得见的，这初春的天气。但它来时是起早人莫大的愉快。顷刻间这田野添深了颜色，一层轻纱似的金粉糁上了这草，这树，这通道，这庄舍。顷刻间这周遭弥漫了清晨富丽的温柔。顷刻间你的心怀也分润了白天诞生的光荣。"春！"这胜利的晴空仿佛在你的耳边私语。"春！"你那快活的灵魂也仿佛在那里回响。（第九段）

伺候着河上的风光，这春来一天有一天的消息。关心石上的苔痕，关心败草里的花鲜，关心这水流的缓急，关心水草的滋长，关心天上的云霞，关心新来的鸟语。怯怜怜的小雪球是探春信的小使。铃兰与香草是欢喜的初声。窈窕的莲馨，玲珑的石水仙，爱热闹的克罗克斯，耐辛苦的蒲公英与雏菊——这时候春光已是缦烂在人间，更不烦殷勤问讯。（第十段）

瑰丽的春光！这是你野游的时期。可爱的路政！这里不比中国，哪一处不是坦荡荡的大道。徒步是一个愉快，但骑自转车是一个更大的愉快。在康桥，骑车是普遍的技术，妇人，稚子，老翁，一致享受这双轮舞的快乐。（在康桥，听说自转车是不怕人偷的，就为人人都自己有车，没人要偷。）任你选一个方向，任你上一条通道，顺着这带草味的和风，放轮远去，保管你这半天的逍遥是你性灵的补剂。这道上有的是清荫与美草，随地都可以供你休息。你如爱花，这里多的是锦绣似的草原。你如爱鸟，这里多的是巧啭的鸣禽。你如爱儿童，这乡间到处是可亲的稚子。你如爱人情，这里多的是不嫌远客的乡人，你到处可以"挂单"借宿，有酪浆与嫩薯供你饱餐，有夺目的果鲜恣你尝新。你如爱酒，这乡间每"望"都为你储有上好的新酿，黑啤如太浓，苹果酒姜酒都是供你解渴润肺的。……带一卷书，走十里路，选一块清静地，看天，听鸟，读书，倦了时，和身在草绵绵处寻梦去——你能想象更适情更适性的消遣吗？（第十一段）

陆放翁有一联诗句："传呼快马迎新月，却上轻舆趁晚凉"；这是做地方官的风流。我在康桥时虽没马骑，没轿子坐，却也有我的风流：我常常在夕阳西晒时骑了车迎着天边扁大的日头直追。日头是追不到的，我没有夸父的荒诞，但晚景的温存却被我这样偷尝了不少。有三两幅画图似的经验至今还是栩栩的留着。只说看夕阳，我们平常只知道登山或是临海，但实际只须辽阔的天际，平地上的晚霞有时也是一样的神奇。有一次我赶到一个地方，手把着一家村庄的篱笆，隔着一大田的麦浪，看西天的变幻。有一次是正冲着一条宽广的大道，过来一大群羊，放草归来的，偌大的太阳在它们后背放射着万缕的金辉，天上却是乌青青的，只剩这不可逼视的威光中的一条大路，一群生物！我心头顿时感着神异性的压迫，我真的跪下了，对着这冉冉渐瞖的金光。再有一次是更不可忘的奇景，那是临着一大片望不到头的草原，满开着艳红的罂粟，在青草里，亭亭的像是万盏的金灯，阳光从褐色云里斜着过来，幻成一种异样的紫色，透明似的不可逼视，刹那间，在我迷眩了的视觉中，这草田变成了……不说也罢，说来你们也是不信的!（第十二段）

一别二年多了，康桥，谁知我这思乡的隐忧!也不想别的，我只要那晚钟撼动的黄昏，没遮拦的田野，独自斜倚在软草里，看第一个大星在天边出现!（第十三段）

指导大概

这一篇是叙述景物的文字。要叙述景物，作者先得熟悉那景物。不然，材料就没有了。叙述什么呢?既已熟悉了那景物，叙述起来，手法却不止一种。作者先在意念中画下一张景物的平面图，又在那图上圈出值得叙述的若干点来，于是用文字代替颜料，按照方向与位置逐点逐点画出来给读者看，作者自己却并不露脸，正像执着画笔的画家自身处在画幅以外一样：这是一种手法。作者当初在景物之中东奔西跑，左顾右盼，官能方面接受种种的感觉，心灵方面留下深深的印象，他觉得这一份受用不容一个人独享，须得分赠给读者，于是把当时的一切毫不走样地叙述下来，他自己当然担任了篇中的主人公：这又是一种手法。本篇采用的是后一种手法，那是一望而知的。

本篇作者对于康桥的景物不只是熟悉，那比熟悉更进一步，他简直曾经沉溺在康桥的景物中间。因此，他告诉读者的不单是康桥的景物，并且是景物怎样招邀他，引诱他，他怎样被景物颠倒与陶醉。换一句说，他告诉读者的是他与康桥一番永远不能忘记的交情。这就规定了他所采用的手法，也就使这篇文字必得在叙述之中，带着抒情的气氛。要是他采用前一种手法，冷静地画出一幅康桥来，那只好把那一番交情牺牲了。可是他不但不愿意牺牲那一番交情，而且非常宝贵那一番交情，这篇文字可以说是为了这一点才写的，他就不得不用一种热情的活泼的笔调：像对着一个极熟的朋友讲述他的游程，称心随意，无所不谈，没有一点儿拘束，谈到眉飞色舞的时候，无妨指手画脚，来几声出神的愉快的叫唤。这样写来，景物之中有作者，作者心中有景物，错综变化，把景物与心情混成一片，那一番交情也就在这上头见出了。

因此，这篇文字的文体绝不能是严谨的，而必然是自由的。想到什么就写什么，怎样想到就怎样写，它差不多自由到这个地步。正统的古文家作游记，当然不肯也不能用这种文体。现代作家对于文学的观念虽说解放多了，但作起游记来，也未必都会像这一篇这样的自由。大概本篇作者所以能写出这样的文体，一半从他的品性，一半从他的教养。他是个偏于感情的人，热情奔放，往往自己也遏制不住。他通西洋文学，西洋文学中有所谓"散文"的一个部门，娓娓而谈，舒展自如，在自来我国文学中是不很发达的。他那品性与教养交叉在一点，就产生了他的自由的文体。

但是，仅仅说想到什么就写什么，怎样想到就怎样写，是不够的。果真这样，一篇文字不就将成为在古墙上乱爬的藤蔓吗？原来控制还是需要的，线索还是不能没有的；不过功夫到了纯熟的地步，控制的痕迹不能在字里行间显明地看出；线索也若有若无，这就叫人看来好像是完全自由的了。

现在试看，本篇是由什么控制着的？不就是前面说起的作者与康桥的一番交情吗？所以说河水，说草场，说船，说春景，等等，都不做客观的叙述，而全从作者与它们的关系上出发。作者工夫纯熟了，对于这种控制也许并不自觉；但研究这篇文字的人应该知道，如果没有这种控制，文字也许会见得散漫。"散漫"与"自由"好像差得不远，然而实际上是相去千万里了。

再看，作者的意念怎样发展而成为这一篇的形式？他要把康桥的种种告诉读者，当然先得提起康桥。但康桥这地方最吸引他的感兴的是那条康河，提起康桥便想到了康河。在上游那个果子园里吃茶的情景也想起来了，在上下河分界处那个坝筑旁边静听的经验也想起来了。于是从河身想到河两岸的草场，在草场上他享受到许多的快适，而河上坐船的快适，趣味又各别。想到船，他自己撑船的经验立刻涌上了心头，他只能"把船身横住在河中，东颠西撞的狼狈"。看人家撑可不然了，尤其看"专家的女郎"撑，那印象真是不可磨灭的。这才回转去想坐船的趣味，——与在草场上坐地不同。——以上的线索虽有曲折，并不是一直的，但总之贴切着那条河。就写成的文字说，便是从第一段到第五段。

以下作者想开去了。他想到"住惯都市的人"不关心自然界的变化，同时不"肯承认做人是快乐"，或多或少不免"咒诅人生"。他以为这大都是自取其咎，正因为离开了自然，才有这种"病象"，"只要'不完全遗忘自然'"，"病象就有缓和的希望"。这似乎想得太远了，可是并不远，只因他在康桥过过一春（本篇里的"春"

是照外国算法，指三四五三个月而言，须注意），与康桥有了一番深密的交情，他才对于上面那个"极肤浅的道理"有了"自信"。"星月的光明，草的青，花的香，流水的殷勤"，原是平时接触惯的；然而在康桥"竟像是第一次""辨认"，可见平时的接触实在算不得接触，而在康桥的"辨认"，给与他性灵上的补益是多么大了。于是，他想到春朝的景色，在那景色中，仿佛听到"晴空"与自己的"灵魂"互相应答，声声叫唤着"春！"。他又想到春天的花信，从春光起初透露直到春光"缦烂在人间"，"一天有一天的消息"。他又想到春天骑着自转车出去游行，到处可以欣赏，到处可以休息，到处有温厚的人情与丰美的饮食，"适情""适性"，其乐无比。他又想到春天傍晚，对着"辽阔的天际"看夕阳，"有三两幅画图似的经验"竟带着神秘性，叫他陷入迷离惝恍的境地。——以上是想了开去而回转到康桥的春天，从康桥的春天推演出平列的四项来，就是朝景，花信，野游与晚景。就写成的文字说，便是从第六段到第十二段。

　　以下是结束了。他所以把康桥的种种告诉读者，原来因为康桥与他有这么一番深密的交情，真像他自己的家乡一样：他与它"一别二年多"，禁不住起了"思乡的隐忧"，他要读者知道他怀着这么一腔"隐忧"。口里说"谁知我"，正是希望人家知道他。"思乡"自然想回去；如果回到康桥，"看第一个大星在天边出现"，那"隐忧"就消除了。这远远应接着开始的意念，他在开头不是说"在星光下……是我康桥经验中最神秘的一种"吗？就写成的文字说，便是末了一段。

以上说明了这篇文字虽则自由，可不是漫无控制的自由，稍稍用心一点看，线索也很分明。现在试看：本篇热情的活泼的笔调是怎样构成的？

阅读这篇文字，你一定会立刻注意到，它使用着许多"排语"。在开头第一段，"花果会掉入你的茶杯，小雀子会到你桌上来啄食"，与"在星光下听水声，听近村晚钟声，听河畔倦牛刍草声"，就是两组排语。第二段里有"在清朝，在傍晚"，与"有时读书，有时看水，有时仰卧着看天空的行云，有时反仆着搂抱大地的温软"两组，第四段里有"那多不费劲，多美！"与"她们那敏捷，那闲暇，那轻盈"两组，以下几段里还有很多，也不须逐一指出。人对于某事物有热烈深切的感触的时候，往往会一而再，再而三地申说。所以文字里使用着排语，足以表示出热情。这样再三申说当然是严谨与平板[1]的反面，所以又足以表示出活泼。读者读了这种排语，自会引起一种感觉：仿佛一面经作者尽兴指点，一面听作者娓娓谈说。试看第八段里，"啊，那是新来的画眉在那边涧不尽的青枝上试它的新声！啊，这是第一朵小雪球花挣出了半冻的地面！啊，这不是新来的潮润沾上了寂寞的柳条？"那一组，读者读了，不是仿佛觉得自己也置身其境，一同在那里听画眉的新声，一同在那里发现第一朵的小雪球花，一同在那里看新来的潮润沾上了寂寞的柳条吗？——这一节是说作者使用排语，是构成他那热情的活泼的笔调的一个因素。

1　平淡死板，缺少变化。

本篇里出现了许多"你"字，这也会立刻注意到。"你"是谁？无论谁读到这篇文字，作为这篇文字的读者，这个"你"就是他。再推广开来说，这个"你"也就是作者自己，也就是"我"。为什么指称着读者，"你"呀"你"地叙述呢？为什么分身为二，把自己也称为"你"呢？一般文字原是认读者作对象的，提起笔来写文字，就好比面对着读者说话，虽不用"你"字，实则随处有"你"含在里头。现在明用"你"字，就见得格外亲切，仿佛作者与读者之间有着亲密的友谊，向来是"尔汝相称"的。以上是对于前一个问题的解答。这篇文字所写的原是作者自己在康桥的经验，但作者不想专有那经验，他拿来贡献给读者，于是在某一些地方用"你"字换去了"我"字。这使读者读了更觉得欢喜高兴，禁不住凝神想道："如果身在康桥，这一份受用完全是我的呀！"以上是对于后一个问题的解答。像这样使用"你"字，并不是作者故意使花巧，语言中原来有这种习惯的。作者适当地应用这种习惯，也是构成他那热情的活泼的笔调的一个因素。

第三个因素可以说的是：他多从感觉印象上着笔。那些感觉印象曾经深深打动他，他就把它们照样写出来，笔调之中自然含着许多情趣，见得活泼生动了。譬如第一段里的"花果掉入茶杯""小雀子到桌上来啄食"，这是个包含着视觉、听觉、触觉、味觉、嗅觉的复杂印象。若不是那果子园花树果树多，花果怎么会掉入茶杯呢？若不是那地方"鱼鸟忘机"，小雀子怎么敢到桌上来啄食呢？可见那里真是个花木繁茂、鱼鸟忘机的去处，真是个怡情适性，大可心醉的去处。但是作者不用这一套平板的说明，他只把"花果掉入茶杯""小雀子到桌上来啄食"写出来，这不但报告了实况，并且带出了他当时被感动的心情。读者读到这里，也就得到个情趣丰足的印象，与读那平板的说明完全两样。又如第三段里的"不出声的皱眉"，这是个视觉印象。看见"不轻易开口笑人的"人在那里"不出声的皱眉"，将怎样地窘急与羞愧呢？本已是"东颠西撞的狼狈"，又看见有人在那里"不出声的皱眉"，更将狼狈到何等程度呢？这些意思是可想而知的，作者都不写，他只写"不出声的皱眉"那个印象。就凭这六个字，作者当时窘急羞愧的狼狈情形如在目前了。此外写感觉印象的地方还有很多，不再提出来说。总之，作者多从心理方面着笔，又是构成他那热情的活泼的笔调的一个因素。

上一节说的是外界事物给与作者印象很深的，作者就把它照样写出来。还有一种是事物本身本来没有某种情意或动作，但作者情绪上感觉上好像它有，就把那种情意或动作归给它。这样的写法，事物便蒙上了作者的情绪与感觉的色彩，写事物也就是写心情，"心"与"物"混成一片，当然与严谨地客观地叙述事物不相同了。本篇用这样写法的地方也不少。如第一段的末一句，"大自然的优美宁静，调谐在这星光与波光的默契中，不期然的淹入了你的性灵。"星光与波光并没有性灵，怎么会像"相对忘言"的两个朋友那样"默契"呢？"大自然的优美宁静"又不是江水河水，"性灵"又不是田地城镇，那"优美宁静"怎么会"淹入""性灵"呢？原来这都是作者当时的感觉，这感觉又从作者当时闲适、舒快到近于神秘的情绪而来。依他当时的情绪，好像星光与波光静静无声，互相照映，其间自有一种"默契"；又好像"优美宁静"是充满在宇宙间的大水，没有一处不淹到，连他的性灵也被"淹入"了：这样，他就用了"默契"与"淹入"两个词。又如第八段里的"啊，这是第一朵小雪球花挣出了半冻的地面"，小雪球花只是应着自然的节候，顺着本有的生机，开出来罢了，它何尝"挣"？原来这也是作者的感觉，这感觉又从他那爱活动爱奋斗的性情而来。他在半冻的地面看见了第一朵的小雪球花，他想象它也是爱活动爱奋斗的：地面是半冻的，它要挣扎出来，一定经历了许多艰难辛苦；但结果竟被它挣扎出来了，那又是何等的成功，何等的欢喜。他下一个"挣"字，差不多分享了小雪球花那一份成功与欢喜了。此外如说"鱼群的喋喋声在你的耳边'挑逗'"（第五段），花草在泥土里渐次"苏醒"（第八段），克罗克斯是"爱热闹的"，蒲公英与雏菊是"耐辛苦的"（第十段），都是这种写法。这又是构成他那热情的活泼的笔调的一个因素。

本篇的笔调是热情的活泼的，前面说过了。若用图画来比，它的彩色是浓重的。画有白描，有淡彩，有丹碧浓鲜的设色；本篇就好比末了一种，它绝不是白描和淡彩。这浓重又是怎样构成的呢？第一，由于使用排语。使用排语正如画画时候一笔一笔地加浓。第二，由于多写感觉印象。感觉印象多，犹如画面上布满了景物，少有空白处所，自然见得浓重。第三，由于多用文言里的形容词与副词，就是所谓"词藻"。如用"葱翠"来形容"草坪"，用"恣蔓"（应作"滋蔓"）来形容"草丛"（第二段），用"婆娑"来形容"大木"，用"盘错"来形容"根柢"（第七段），用"娉婷"来形容"尖阁"，用"妩媚"来形容"康河"（第九段），如说裙裾"悠悠"地飘着（第四段），说经验"栩栩"地留着（第十二段），这些词藻都是红绿青黄的颜料，把这篇文字涂成浓重的一幅。白话文里使用文言的词藻，原有讨论余地，且留在后面说。这里只说仅就文言而论，少用词藻就见得清淡，多用词藻就见得绚烂；现在把文言的词藻用入白话文，色彩当然见得浓重了。

然而本篇里也有用白描法的，可以举出两处说。一处是第三段末了叙述"租船再试"时候的情景。那老船家说："先生，这撑船费劲，天热累人，还是拿个薄皮舟遛遛吧！"这个话多么朴素，然而那老船家又像殷勤又像瞧不起人的心情，已经完全描出。以下作者说"我哪里肯听话，长篙子一点就把船撑了开去"，用个"一点"与"就"，作者当时急于"再试"与不爱听老船家啰唆的心情，以及当时活动的姿态，就在这上头传出来了。又一处是第四段叙述"专家的女郎"撑船出桥洞时候的姿态。那长竿"竟像没分量的"，"往波心里一点"只是"轻轻的，不经心的"，在有过撑船经验可是不曾学会撑船的作者看来，是多么可以羡慕呢？"船身便波的转出了桥影，翠条鱼似的向前滑了去"，那轻巧敏捷与"把河身一段段的腰斩了去"是何等显明的对照呢？以上两处也是写的感觉印象，可是读起来并不觉得浓艳，这里头该有个缘故。原来这两处只像平常谈话一样，不用什么词藻，也不用什么特殊语调，可是对于当时的印象，把捉[1]得住，又表现得出，所以成为两节白描的好文字。

---

1 把握；抓住（多用于抽象事物）。

阅读叙述文字，不能没有时间观念。那事件是什么时候发生的呢？那景物是什么时候显现在作者眼前的呢？这些都得辨清楚。如果不辨清楚，就摸不清全篇的头绪。现在就本篇说，读者须得问：这里所写的康桥，是作者某一天某一回接触的不是？要回答这问题，于是逐段看下去。第一段里说的果子园里的情景与星光下的经验，不是限于某一天的；第二段里说的草场上的景物，不是限于某一天的；第三段里说的自己撑船，第四段里说的看人家撑船，也不是限于某一天的。第九段说的朝景，可不是某一回的朝景；第十段说的花信，可不是某一回的花信；第十一段说的野游，可也不是某一回的野游。全篇之中，只有第十二段里说的三幅"画图似的经验"是属于某一回的，都特地用"有一次"来点醒，虽然没有说明是何年何月何日。如果把叙述某一天某一回的经验称为"专叙"，那么叙述不限于某一天某一回的经验便是"泛叙"。作者对于所写的事物太熟悉了，接触的机会不止一次两次，也分不清某一种经验是某一天某一回的了，只觉得种种经验各自累积起来，成为许多浓密的团结；那自然只有不限定时间，采用"泛叙"的方法。本篇的情形就是这样。如果是一个短期旅行的游客，到康桥地方匆匆地游览一周，提起笔来写游记；他就不得不用"专叙"的方法，单把他游览那一天的经验叙述下来了。除了这个，他还有什么可以叙述的呢？"专叙"的时候，常常用"某月某日""……的时候""……之后"一类时间副语，来点醒以下所说的事件、景物或经验所属的时间。本篇里也有用这一类时间副语的地方，如"不服输跑去租船再试的时候"（第三段），"在礼拜天"（第四段），"在初夏阳光渐暖时"（第五段），"在康桥时"，"在夕阳西晒时"（第十二段）。但在"不服输跑去租船再试的时候"前面加上个"每回"，在"夕阳西晒时"前面加上个"常常"，这就成为"泛叙"了。此外三语，只要辨别上下文的语气，便知道也不是"专叙"。"在礼拜天"一语是用"尤其"承接着前面"你站在桥上去看人家撑"一语的，而"你站在桥上去看人家撑"是假设语气，"在初夏阳光渐暖时，你去买一只小船"，也是假设语气，两语里都含得有"如果""假设"的意思：假设语气当然不会是"专叙"。至于"在康桥时"一语占着一春的时间，下面的"没马骑，没轿子坐，却也有我的风流"，又是经常的情形，所以也只是"泛叙"而不是"专叙"。

阅读叙述文字，又不能没有空间观念。作者叙述那事件那景物，是不是站定在一个观点上的呢？如果站定在一个观点上，那所写的只是这个观点上所能观察到的一切，观点如有转换，文字中一定先行交代明白，然后再写新观点上所能观察到的一切。如果不站定在什么观点上，那就比较自由，只凭记忆逐项逐项地叙述出来，更不管它们是从哪一个观点上观察到的。本篇就时间方面说既是"泛叙"，那么所写康桥的种种，当然不会是站定在什么观点上观察到的了。原来它写的是情绪中的康桥，而不是眼界中的康桥。但这是就本篇大体说。若在非表明空间关系不可的地方，虽说是"泛叙"，也不得不站定一个观点来写。如第二段里的"对岸草场上……匀匀的长着长条的水草"，第九段里的"康桥只是一带茂林……有佳荫处有村舍"，都是登高远望的景；第四段里的"有几个专家的女郎……翠条鱼似的向前滑了去”是桥上眺望的景；如果不是登高，不在桥上，所见也就两样：这便有了空间关系，须得站定一个观点来写。以上三节写景文字之前，第二段里有“从校友居的楼上望去”一语，第九段里有“从那土阜上望去”一语，第四段里有“站在桥上看人家撑”一语，都是用来表示站定的观点的。又如第九段的开头，叙述春朝游行时候所见的景色：“静极了……点缀这周遭的沉默”是大道上的景，“头顶是交枝的榆荫，透露着漠楞楞的曙色”是林子里的景，“当前是平坦的原野……尖尖的黑影是近村的教寺”是林子外的景；大道上，林子里，林子外，景色不一，这便有了空间关系，不得不站定一个观点又转换一个观点来写。这一节最初的观点原在大道上，有“顺着大道走去”一语可以证明；以下用“走到尽头，再转入林子里的小径”两语，就把观点转换到林子里去了；以下用“走尽这林子”一语，又把观点转换到林子外去了。至于第十二段里的三幅“画图似的经验”，就时间方面说，既是“专叙”，自然得叙明当时站定的观点。“我赶到一个地方”“正冲着一条宽广的大道”“临着一大片望不到头的草原”三语，都是用来表示当时站定的观点的。若是匆匆游览过后写一篇“专叙”的游记，站定观点与转换观点的叙述就不会这么少了。

现在再把本篇值得注意值得体会的地方逐一提出来说一说（前面已经说过了的，就不再说了）。第一段叙述康河，分上游下游来说，原是最平常的方式，地理教本所常用的，可是叙上游就说到那个果子园，用复杂的感觉印象来描写那里的丰美与安静，把康桥的佳胜突然涌现在读者面前，这就不平常了。叙下游只说它是"春夏间竞舟的场所"，以下便说到上下河分界处的那个坝筑，说到星光之下那个坝筑旁边听各种声音的神秘经验，这也不平常。作者并不是写地理书，他要写的是他情绪中的康桥：读者只要读这第一段，就可以感觉到了。

第三段开头说明三种船，把撑篙船排在最后，是有意的，用来引起下面的自己撑船。说明三种船的部分，文字是静的；过渡到自己撑船，文字就是动的了。试看"把船身横住在河中，东颠西撞的狼狈"，旁观的英国人在那里"不出声的皱眉"，河中悠闲的秩序"给捣乱了"，以至"租船再试"，经老船家劝告，不肯听话，"把船撑了开去"，哪一处不是活生生的动态？不说英国人在旁边"不出声的皱眉"，而说"小心他们不出声的皱眉"，可见因他们"皱眉"而更显得"狼狈"，这是用更具体的说法，把"横着前进"化成个更具体的视觉印象。

第四段里"穿一身缟素衣服……帽影在水草间颤动"是对于"专家的女郎"的形容语（形容语不妨去掉，这里如果去掉这形容语，就成"有几个专家的女郎，你看她们……"）。说衣服又说到裙裾的飘扬，说帽子又说到帽形的颤动，这是加工描绘。描绘的结果，使读者觉得但看这四语，便是一幅鲜明的生动的图画。本段末一句里的"敏捷""闲暇""轻盈"是作者主观的批评，但与前面所叙的姿态都有照应。如果再来一个"美丽"，那就没有照应了；因为前面只叙那几个女郎撑船时候的动态，并没有叙述她们的面貌与身材怎样美丽。

第五段末一语里的"水底翻的音乐"，指在河上开话匣子而言。话匣子所奏的音乐，声音在河面发生回响，再传播开来，这便是"水底翻的音乐"。听这种音乐，物理上既与平时开话匣子不同，环境上心情上也全不一样，所以在少年们的感觉中，这种音乐是"描写梦意与春光"的。

第六第七两段可以说是插入本篇的一篇议论文，它的题目是"人不要完全遗忘自然"。第六段先说"住惯城市的人"的通常情形，分两点，一点是不关心"季候的变迁"，又一点是抱怨生活，不"承认做人是快乐"。对于前一点，用具体的说法。仅仅从叶子的长落，炉子的装卸，衣服的更换，知道"季候的变迁"，足见那关心真是有限得很了。"星星""花草""风云"环绕在周围，可是一样也不去理睬，足见对于自然全没交涉了。于是第七段说一般人所以有这种情形，由于"忘本"。人的"本"是什么呢？"人是自然的产儿"，人从大自然取得生命，这说明了人的"本"是自然。花草离不开泥土，鱼离不开水，大木的根柢深入无尽藏的地里，这些都是比况[1]，比况人绝不能离开了大自然而生活，也得像大木一样，把生命的根柢深入大自然里。然后归结到作者所提出的意见："只要'不完全遗忘自然'一张轻淡的药方，我们的病象就有缓和的希望。"本篇是抒情的叙述文字，如果插入一小篇严格的议论文（就是说完全用抽象的说法，由演绎、归纳、类推等方法而达到结论的议论文），那是很不相称的。现在这两段多用具体的说法，语调

---

1 跟某事物相比较；比照。

自由活泼，又与纯理智的说理文字不同，所以插在中间与各段一致，并不觉得不调和。

第八段末了三句，开头都用了惊叹词"啊"，以下指点用"那是""这是""这不是"，值得细辨。画眉的新声比较远，小雪球花与柳条近在面前，"那"与"这"表明实际上的远近之分，这是一。"那"与"这"不重复，用了两个"是"来一个"不是"，又见得有变换，这是二。这样三句连在一起读，自然引起一种感觉，仿佛春信是四面袭来，不可抵御的了，这是三。

第九段里叙到"尖尖的是近村的教寺"，以下接一句"听，那晓钟和缓的清音！"叫谁听呢？也可以说叫自己听，也可以说叫读者听。但是在写文字的时候，作者并不正在望见那教寺的"尖尖的黑影"，至于读者读这篇文字，是不拘于什么地方什么时间的，怎么能叫自己听又叫读者听呢？原来这是排除了空间与时间观念的说法。说起近村的教寺，仿佛钟声已经在那里送过来了，于是向自己并向读者提示道："听，那晓钟和缓的清音！"前面提及的第八段末了三句，情形也正相同。说起春信，仿佛春信就从四面袭来了，于是一边指点，一边提示，说出这么三句来。又，本段里用"朝来人们的祈祷参差的翳入了天听"譬喻炊烟"渐渐的上腾，渐渐的不见"，这是用听觉印象表现视觉印象。朝来有许多的人作祈祷，想象他们的祈祷声音——上达上帝的听官，正与炊烟上腾而没入天际相似，于是来了这错综的印象。以下连用三个"顷刻间"，把时间说得极急促，表示初晓景色的时刻变换。末了两句，"胜利的晴空"与"快活的灵魂"呼唤着"春！"互相应答，把清早寻春的人的欢喜心情完全表达出来。若说"春来了"，或是"这已经是春天了"，反而见得累赘失神。当时只有一个浑然的感觉"春！"而已，而感得欢喜的就在这个浑然的感觉，所以单说"春！"字是最完足的了。两个"春！"字的位置也可以注意。如果放在"私语"与"回响"之后，说话的力量就侧重在"胜利的晴空"与"快活的灵魂"。现在放在前面，随后解释一个是"晴空"的"私语"，一个是"灵魂"的"回响"，力量就侧重在"春！"的那一声呼唤方面了。本段叙述了春朝的晴色，归结到"春！"这个浑然的感觉无所不在，自然该把力量侧重在"春！"的那一声呼唤方面才对。

第十段专说"伺候着河上的风光"，也就是探河上的春信。明说"关心"的若干项固然是春信所在，"小雪球"与"铃兰与香草"也是报告春消息的使者。以下列举"莲馨""石水仙""克罗克斯""蒲公英与雏菊"，可是没有说那些花儿怎么样，只用一个"破折号"便接说"这时候"。表示提起那些花儿，意念立刻想到那些花儿开放的时候。那些花儿开放了，此外还有没有提到的许多花儿也开放了，那春信还待你去"探"吗？所以说"更不烦殷勤问讯"。

第十一段开头的"瑰丽的春光！"与"可爱的路政！"是两句赞叹句，形式上没说明"春光"与"路政"怎样，好像都不成一句话，其实是说明了的，只要倒转来，就是"春光瑰丽"与"路政可爱"，不过成为寻常的表明句了。赞叹句自有这样的一种形式，如"伟大的时代！""好漂亮的人物！"那是口头常常说的，以下说骑着自转车出游，连用五个"你如爱"，传出了眉飞色舞，津津乐道的神情。这里把"花""鸟"说在前，把"儿童""人情""酒"

说在后，一种解说是："花""鸟"是自然，亲近"儿童"接受"人情"是人事，而"酒"又是从"饱餐"与"尝新"联想起来的。但是还可以有一种解说：说"花""鸟""儿童"的话短，说"人情"与"酒"的话长，短的在前，长的在后，正是语言的自然。试把长句调在前面，吟诵起来，读到后面的短句，就会觉得气势不顺了。本段里的"每'望'"，等于说"每家酒店"。"望"是"望子"，酒店的市招。

　　第十二段作者引陆放翁的一联诗句，有记错的地方。现在把全首抄在这里："醉眼朦胧万事空，今年痛饮瀼西东。偶呼快马迎新月，却上轻舆御晚风。行路八千常是客，丈夫五十未称翁。乱山缺处如横线，遥指孤城翠霭中。"题目是"醉中到白崖而归"。诗中有"痛饮瀼西东"的话，该是放翁通判夔州的时候作的。所以作者说"这是做地方官的风流"。同段叙述二幅"图画似的经验"，哪个在前，哪个在后，本来可以随便。现在排成这样形式，也为要先短后长。并且，前两个经验是说清楚的，后一个却没有说清楚，也得把它放在最后才顺。再看第三个经验的叙述，作者为什么会'感着神异性的压迫'，"对着这冉冉渐翳的金光""跪下"呢？原来这由于对"伟大""庄严"的一种虔敬情绪。"一条大路，一群生物"，背后"放射着万缕的金辉"，从一群生物在大路上走，联想到一切生物在生命的大路上走，从太阳放射万缕金辉，联想到赋与生命支配生命的"宇宙的力"；这就觉得眼前景物便是宇宙的"伟大""庄严"的具体表现，不由得虔敬地"跪下"了。再说第三个经验，"这草田变成了"什么呢？读者没有作者的经验，当然无从猜测，但可以说定，那也是带着"神异性"的。不然作者为什么说"说来你们也是不信的"呢？

末一段若即若离地回顾第一段的"星光"，作为结束。若是终止在第十二段，话便没有说完，这是很容易辨明的。

本篇是白话文，但参用了许多文言的字眼。除了前面所举文言的词藻外，如"裙裾""唼喋""睥眤"（应作"睥睨"）"闲步""清荫""美草""巧啭"等，都是文言的字眼。白话文里用入文言的字眼，与文言用入白话的字眼一样，没有什么可以不可以的问题，只有适当不适当，或是说，效果好不好的问题。要讨论这个问题，可以从理想的白话文该是怎样的说起。

白话文依据着白话，是谁都知道的。既说依据着白话，是不是口头用什么字眼，口头怎样说法就怎样写法呢？那可不一定。如果一个人口头说话一向是非常精密的，自然不妨完全依据着他的说话写他的白话文。但一般人的说话往往是不很精密的，有时字眼用得不恰当，有时语句没有说完全，有时翻来覆去，说了再说，无非这一点意思。这样的说话，在口头说着的时候，因为有发言的声调、面目与身体的表情等帮助，仍可以使听话的对方理会，收到说话的效果。可是，照样写到纸面上去，发言的声调、面目与身体的表情等帮助就没有了，所凭借的只是纸面上的文字；那时候能不能也使阅读文字的对方理会，收到作文的效果，是不能断定的。所以在写白话文的时候，对于说话，不得不作一番洗炼的功夫。洗是洗濯的洗，就是把说话里的一些渣滓洗去。炼是炼铜炼钢的炼，就是把说话炼得比平常说话精粹。渣滓洗去了，炼得比平常说话精粹了，然而还是说话（这就是说，一些字眼还是口头的字眼，一些语调还是口头的语调，不然，写下来就不成其为白话文了）：依据这种说话写下来的，才是理想的白话文。

文字写在纸面，原是叫人看的，看是视觉方面的事情。然而一个人接触一篇文字，实在不只是视觉方面的事情。他还要出声或不出声地念下去，同时听自己出声或不出声地念。所以"阅""读"两个字是连在一起拆不开的。现在就阅读白话文说，读者念与听所依据的标准是白话，必须文字中所有的字眼与语调都是白话的，他才觉得顺适调和，起一种快感。不然，好像看见一个人穿了不称他的年龄、体态、身份的服装一样，虽未必就见得这个人不足取，但对于他那身服装，至少要起不快之感。而不快之感是会减少读者与作品的亲和力的，也就是说，会减少作品的效果的。

把以上两节话综合起来，就是：白话文虽得把白话洗炼，可是经过了洗炼的必需仍是白话；这样，就体例说是纯粹，就效果说，可以引起读者念与听的时候的快感。反过来说，如果白话文里有了非白话的（就是口头没有这样说法的）成分，这就体例说是不纯粹，就效果说，将引起读者念与听的时候的不快之感。到这里，可以解答前面所提出的问题了。白话文里用入文言的字眼，实在是不很适当的足以减少效果的办法。那么，本篇作者为什么在本篇里参用许多文言的字眼呢？这由于作者文言的教养素深，而又没有要写纯粹的白话文的自觉，不知不觉之间，就把许多文言字眼用进去了。叫他另用一些白话的字眼来调换文言的字眼，他未必不可能，他只是没有想到要不要调换。本篇里不单是字眼，就是语调也有非白话的，如第九段里的"想象那一流清浅"与第十段里的"更不烦殷勤问讯"两语便是。这两语都是词曲的调子，如果用在词曲里，是很调和的；现在用在白话文里，就不调和了。"想象那一流清浅"，这样的说法，白话里是决没有的。"更不烦殷勤问讯"之下，白话里必得有个"了"字。作者把词曲的调子用入白话文，缘由如前面所说，也只是个不自觉。这种情形，不只本篇有，初期白话文差不多都有；因为一般作者文言的教养素深，而又没有要写纯粹的白话文的自觉，大都与本篇作者相同。但是，理想的白话文是纯粹的，现在与将来的白话文的写作是要把写得纯粹作目标的：必须知道这两点，才可以阅读初期白话文而不受初期白话文这方面的影响。

或者有人要问：现在国文课里，文言也要读，这就有了文言的教养；既然有了文言的教养，写起白话文来，自然而然会有文言成分从笔头溜出来，像本篇作者一样；怎样才可以检出并排除这些文言成分，使白话文纯粹呢？这是有办法的，只要把握住一个标准，就是"上口不上口"。一些字眼与语调，凡是上口的，说话中间有这样说法的，都可以写进白话文，都不至于破坏白话文的纯粹。如果是不上口的，说话中间没有这样说法的（这里并不指杜撰的字眼与不合语文法的话句而言），那便是文言成分，不宜用入纯粹的白话文。譬如约朋友出去散步，绝不会说"我们一同去闲步一回"。走到一处地方，头上是新鲜的树荫，脚下是可爱的草地，也绝不会说"这里头上有清荫，脚下有美草"。可见"闲步""清荫""美草"是不上口的。又如"你只能循着那锦带似的林木想象那一流清浅"一语，在口头说起来，大概是"你只能沿着那锦带似的林木想象那清浅的河流"。可见"想象那一流清浅"是不上口的。只要把握住"上口不上口"这个标准，即使偶尔有文言成分从笔头溜出来，也不难检出了。

到这里，还可以进一步说。譬如董仲舒有句话："正其谊不谋其利，明其道不计其功。"这明明是文言的语调。可是，"从前董仲舒有句话道：'正其谊不谋其利，明其道不计其功。'"这样的说法却是口头常有的；口头常有就是上口，上口就不妨照样写入白话文。又如"知其不可而为之"一语出于《论语》，语调也明明是文言的。可是，"某人做某事是知其不可而为之"，这样的说法却是口头常有的；口头常有就是上口，上口就不妨照样写入白话文。前一例里的"正其谊不谋其利，明其道不计其功"所以上口，因为说话说到这里，不得不引用原文。后一例里的"知其不可而为之"所以上口，因为说话本来有这么一个法则，有时可以引用成语。在"引用"这一个条件之下，口头说话并不排斥文言成分，纯粹的白话文当然可以容纳文言成分了。这与前一节话并不违背；前一节话原是这样说的：凡是上口的，说话中间有这样说法的，都可以写进白话文，都不至于破坏白话文的纯粹。

现在再就字眼说。如《易经》里的"否"与"泰"两个字，表示两个观念，平时说话是绝不用的，当然是文言字眼。可是经学或者哲学教师解释这两个观念的时候，口头不能不说"这样就是否"与"这样就是泰"的话；他也许还要说"经过了否的阶段，就来到泰的阶段"。在这些语句里，"否"与"泰"两个字上口了；就把这些语句写入白话文，那白话文还是纯粹的。试看这两个字怎么会上口呢？原来与前面所说一样，也是由于"引用"。

在小说或戏剧的对话里，如果适当地引用一些文言成分，不但没有妨碍，并且可以收到积极的效果。如鲁迅的小说《孔乙己》里，叙述孔乙己在喝酒的时候，把作为酒菜的茴香豆给围住他的孩子吃，一人一颗，孩子吃完了一颗，还想吃第二颗，眼睛都望着碟子；孔乙己就着急说，"不多了，我已经不多了"，又看一看豆，自己摇头说，"不多不多！多乎哉？不多也"。这里的"多乎哉？不多也。"是从《论语》的"君子多乎哉？不多也"。引用来的。从这两句的引用，可以使读者读了宛如听见了孔乙己的口吻，因而想到他原来是这么一个读过几句书，半通不通，却爱随便胡诌的家伙：这就是所谓积极的效果。然而这两句所以能放在孔乙己的对话里，也因为事实上确然有一种人爱把书句放在口头乱说的，故而与"上口"的标准并无不合，这节对话还是纯粹的白话文。

以上对于纯粹的白话文说得很多，无非希望现在与将来的白话文的写作要把写得纯粹作目标的意思。以下再回到本篇来说。

本篇里有少数字句是不很妥适的。如第一段里"倦牛刍草声"的"刍"字，是个文言字眼且不必说；即就文言说，或作割草的意思，如"刍荛"，或作饲养牲畜的意思，如"刍豢"，却没有作嚼草的意思。这里就上下文看，作牛在那里嚼草的意思，是用错的。又如第二段里，"尾鬃的扫拂"的"扫拂"两字，分开来都是口头常用的字眼，合起来就不顺口了。这里所以要用"扫拂"两字，原来因为说"尾鬃的扫"或"尾鬃的拂"都收不住，非用一个复音节语不可。但"扫拂"并不是一个口头习用的复音节语，作者却没有注意到这一层。同段里又有"反仆"两字，"仆"原是个文言字眼，口头说起来就是"跌倒"。跌倒并没有规定的形式，无所谓"正"，也无所谓"反"。现在说"反仆"，与上一语的"仰卧"相对，表示胸腹着地背心向天的意思，这是错误的。

第七段里"入世深似一天，离自然远似一天"两语，是可以讨论的。这两语表示"入世深"与"离自然远"的程度同时并进，但按照口头的语调，应说"入世一天深似一天，离自然一天远似一天"。若照这样说，每一语里在前的"一天"指在后的一天，在后的"一天"指在后的一天之前的一天；用个"似"字，表示前后两天程度的比较，"深似"就是"深过"，"远似"就是"远过"，若写文言，就是"深于""远于"。现在每一语里既然只用一个"一天"，那就无所谓前后两天程度的比较，"似"字显然是多余的。去掉"似"字，作"入世深一天，离自然远一天"，便妥适了。同段里的"有幸福是永远不离母亲抚育的孩子，有健康是永远接近自然的人们"两语，"福"字"康"字之下都省掉一个不应该省的"的"字。大概在这样的句式里，"是"字近于"等于"，表示在前的什么等于在后的什么。"的"就是"的人"，用了"的"字，"有幸福"与"有健康"才有属主，属主才可以与下面的"孩子"与"人们"相等。若照原文不用"的"字，那么，"有幸福"与"有健康"是"事"，"孩子"与"人们"是"人"，"事"怎么能与"人"相等呢？

文言字眼"翳"字，在本篇里用了两次，都用得不妥适。"翳"是遮蔽的意思。说"仿佛是朝来人们的祈祷，参差的遮蔽入天听"

（第九段），是讲不通的；说"对着这冉冉渐遮蔽的金光"（第十二段），同样地讲不通。原来遮蔽这个动作是及物的，说遮蔽必然有被遮蔽的东西。现在并没有被遮蔽的东西，而把遮蔽这个动作归到"祈祷"与"金光"自身，当然讲不通了。如果说"没入了天听"或者"送入了天听"，说"冉冉渐消的金光"或者"冉冉渐隐的金光"，便讲得通了；因为"没""送""消""隐"等动作都是不及物的，本该归到"祈祷"与"金光"自身的。

第十一段里指称"愉快"作"一个"，照通常说法，应该是"一种"。"愉快""哀悲""道德""智慧"一类抽象事物，是没有个体的，没有个体，所以不能用个体单位的"个"字。这些事物都是有种类可分的，有种类可分，所以可以用种类单位的"种"字。现在人说话与写白话文，对于这种单位名称，有随便使用的倾向，这是不妥当的，应该留意。

阅读一篇文字，一味赞美，处处替作者辩护，这种态度是不对的。至于吹毛求疵，硬要挑剔，也同样的不对。文字如有长处，必须看出它的长处在哪里；文字如有缺点，又必须看出它的缺点在哪里：这才是正当的态度。唯有抱着这样正当的态度，多读一篇才会收到多读一篇的益处。

论国文精读指导不只是逐句讲解

　　教书逐句讲解，是从前书塾里的老法子。讲完了，学生自去诵读；以后是学生背诵，还讲，这就完成了教学的一个单元。从前也有些不凡的教师，不但逐句讲解，还从虚字方面仔细咬嚼，让学生领会使用某一些虚字恰是今语[1]的某一种口气；或者就作意[2]方面尽心阐发，让学生知道表达这么一个意思非取这样一种方式不可；或者对诵读方面特别注重，当范读的时候，把文章中的神情理趣，在声调里曲曲传达出来，让学生耳与心谋，得到深切的了解。这种教师往往使学生终身不忘；学生想到自己的受用，便自然而然感激那给他实益的教师。这种教师并不多，一般教师都只逐句讲解。

1　多指现代通俗语言。
2　著作的本意。

逐句讲解包括：（一）解释字词的意义，（二）说明成语典故的来历，这两项预备工作；预备工作之后，（三）把书面的文句译作口头的语言，便是主要工作了。应用这样办法，论理必作如下的假定：（一）假定学生无法了解那些字词的意义。（二）假定学生无法考查那些成语典故的来历。（三）假定学生不能把书面的文句译作口头的语言。不然，何必由教师逐一讲解？（四）假定读书的目标只在能把书面的文句译作口头的语言；译得来，才算读懂了书。不然，何以把这一项认为主要工作而很少顾及其他？还有（五），假定教学只是授受的关系，学生是没有能力的，自己去探讨也无非徒劳，必待教师讲了授了，他用心地听了受了，才会了解他所读的东西。不然，何不让学生在听讲之外，再做些别的工作？——教师心里固然不一定意识到以上的假定；可是，如果只做逐句讲解的工作，就不能不承认有这几个假定。而从现代教育学的观点，这几个假定都是不合教学的旨趣的。

从前书塾教书，不能说没有目标。希望学生读通了，写通了，或者去应科举，取得功名，或者保持传统，也去教书，或者写作书信，应付实用：这些都是目标。但是能不能达到目标，教师似乎不负什么责任。一辈子求不到功名的，只怨自己命运不济，不怪教师；以误传误当村馆先生的，似是而非写糊涂书信的，自己也莫名其妙，哪里会想到教师给他吃的亏多么大？在这样情形之下，教师对于怎样达到目标（也就是对于教学方法），自然不大措意。现在的国文教学可不同了，国文教学悬着明晰的目标：养成阅读书籍的习惯，培植欣赏文学的能力，训练写作文章的技能。这些目标是非达到不可的，责任全在教师身上；而且所谓养成、培植、训练，不仅对一部分学生而言，必须个个学生都受到了养成、培植、训练，才算达到了目标。因此，教学方法须特别注重。如果沿袭从前书塾里的老法子，只逐句讲解，就很难达到目标。可是，熟悉学校情形的人都知道现在的国文教学，一般的说，正和从前书塾教书差不多。这不能说不是一个相当严重的问题。

阅读书籍的习惯不能凭空养成，欣赏文学的能力不能凭空培植，写作文章的技能不能凭空训练。国文教学所以要用课本或选文，就在将课本或选文作为凭借，然后种种工作得以着手。课本里收的，选文入选的，都是单篇短什[1]，没有长篇巨著。这并不是说学生读一些单篇短什就够了。只因单篇短什分量不多，要做细琢细磨的研读功夫正宜从此入手；一篇读毕，又来一篇，涉及的方面既不嫌偏颇，阅读的兴趣也不致单调，所以取作精读的教材。学生从精读方面得到种种经验，应用这些经验，自己去读长篇巨著以及其他的单篇短什，不再需要教师的详细指导（不是说不需要指导），这就是略读。就教学而言，精读是主体，略读只是补充；但就效果而言，精读是准备，略读才是应用。精读与略读的关系如此，试看，只做逐句讲解的工作，是不是就尽了精读方面的指导责任？

所谓阅读书籍的习惯，并不是什么难能的事，只是能够按照读物的性质作适当的处理而已。需要翻查的，能够翻查；需要参考的，能够参考；应当条分缕析的，能够条分缕析；应当综观大

1　指短篇诗文。

意的，能够综观大意；意在言外的，能够辨得出它的言外之意；又有疏漏的，能够指得出它的疏漏之处：到此地步，阅读书籍的习惯也就差不多了。一个人有了这样的习惯，一辈子读书，一辈子受用。学生起初当然没有这样的习惯，所以要他们养成；而养成的方法，唯有让他们自己去尝试。按照读物的性质，作适当的处理，教学上的用语称为"预习"。一篇精读教材放在面前，只要想到这是一个凭借，要用来养成学生阅读书籍的习惯，自然就会知道非教他们预习不可。预习的事项无非翻查、分析、综合、体会、审度之类；应该取什么方法，认定哪一些着眼点，教师自当测知他们所不及，给他们指点，可是实际下手得让他们自己动天君，因为他们将来读书必须自己动天君。预习的事项一一做完了，然后上课。上课的活动，教学上的用语称为"讨论"，预习得对不对，充分不充分，由学生与学生讨论，学生与教师讨论，求得解决。应当讨论的都讨论到，须待解决的都得到解决，就没有别的事了。这当儿，教师犹如集会中的主席，排列讨论程序的是他，归纳讨论结果的是他，不过他比主席还多负一点责任，学生预习如有错误，他得纠正，如有缺漏，他得补充，如有完全没有注意到的地方，他得指示出来，加以阐发。教师的责任不在把一篇篇的文章装进学生脑子里去；因为教师不能一辈子跟着学生，把学生切要读的书一部部装进学生脑子里去。教师只要待学生预习之后，给他们纠正，补充，阐发；唯有如此，学生在预习的阶段既练习了自己读书，在讨论的阶段又得到切磋琢磨的实益，他们阅读书籍的良好习惯才会渐渐养成。如果不取这个办法，学生要待坐定在位子上，听到教师说今天讲某一篇之后，才翻开课本或选文来；而教师又一开头就读一句，讲一句，逐句读讲下去，直到完篇，别无其他工作：那就完全是另一回事了。

第一，这里缺少了练习阅读最主要的预习的阶段。学生在预习的阶段，固然不能弄得完全头头是道；可是教他们预习的初意本来不要求弄得完全头头是道，最要紧的还在让他们自己动天君。他们动了天君，得到理解，当讨论的时候，见到自己的理解与讨论结果正相吻合，便有独创成功的快感；或者见到自己的理解与讨论结果不甚相合，就作比量短长的思索；并且预习的时候决不会没有困惑，困惑而没法解决，到讨论的时候就集中了追求解决的注意力。这种快感、思索与注意力，足以鼓动阅读的兴趣，增进阅读的效果，都有很高的价值。现在不教学生预习，他们翻开课本或选文之后又只须坐在那里听讲，不用做别的工作；从形式上看，他们太舒服了，一切预习事项都由教师代劳；但是从实际上说，他们太吃亏了，几种有价值的心理过程都没有经历到。第二，这办法与养成阅读书籍的习惯那个目标根本矛盾。临到上课，才翻开课本或选文中的某一篇来；待教师开口讲了，才竖起耳朵来听；这个星期如此，下个星期也如此，这个学期如此，下个学期也如此，还不够养成习惯吗？可惜养成的习惯恰是目标的反面。目标要学生随时读书，而养成的习惯却要上课才翻书；目标要学生自己读书，而养成的习惯却要教师讲一句才读一句书。现在一般学生不很喜欢而且不善于读书，如果说，原因就在国文教学专用逐句讲解的办法，大概也不是过火的话吧。并且逐句讲解的办法，对于一篇中的文句是平均看待的，就是说，对于学生能够了解的文句，教师也不惮烦劳，把他译作口头的语言，而对于学生不甚了解的文句，教师又不过把他译作口头的语言而止。如讲陶潜《桃花源记》，开头"晋太元中，武陵人捕鱼为业"，就说："太元是晋朝孝武帝的年号，武陵是现在湖南常德县[1]；晋朝太元年间，武陵地方有个捕鱼的人。"凡是逢到年号，总是说是某朝某帝的年号；凡是逢到地名，总是说是现在某地；凡是逢到与今语不同的字或词，总是说是什么意思。如果让学生自己去查一查年表、地图、字典、辞典，从而知道某个年号距离如今多少年；某一地方在他们居处的哪一方，距离多远；某一字或词的本义是什么，引申义又是什么：那就非常亲切了，得到很深的印象了。学生做了这番功夫，对于"晋太元中，武陵人捕鱼为业"那样的文句，自己已能了解，不须再听教师的口译。现在却不然，不管学生了解不了解，见文句总是照例讲，照例口译；学生听着听着，非但没有亲切之感与很深的印象，而且因讲法单调，不须口译的文句也要口译，而起厌倦之感。我们偶尔听人演说，说法单调一点，内容平凡一点，尚且感到厌倦，学生成月成年听类似那种演说的讲解与口译，怎得不厌倦呢？厌倦了的时候，身子虽在座位上，心神却离开了读物，或者"一心以为有鸿鹄将至"，或者什么都不想，像禅家的入定。这与养成读书习惯的目标不是相去很远吗？曾经听一位教师讲曾巩《越州赵公救菑记》，开头"熙宁八年夏，吴越大旱；九月，资政殿大学士右谏议大夫知越州

1　今常德市。

赵公,前民之未饥,为书问属县……"在讲明了"熙宁""吴越""资政殿大学士""右谏议大夫""知"之后,便口译道:"熙宁八年的夏天,吴越地方遇到大旱灾;九月间,资政殿大学士……赵公,在百姓没有受到灾患以前,发出公文去问属县……"若照逐句讲解的原则,这并没有错。可是学生听了,也许会发生疑问:(一)遇到大旱灾既在夏天,何以到了九月间还说"在百姓没有受到灾患以前"呢?(二)白话明明说"在百姓没有受到灾患以前",何以文句中的"前"字装到"民"字的前头去呢? 这两个疑问,情形并不相同:(一)是学生自己糊涂,没有辨清"旱"和"饥"的分别;(二)却不是学生糊涂,他正看出了白话和文言的语法上的异点。而就教师方面说,对于学生可能发生误会的地方不给点醒,对于学生想要寻根究底的地方不给指导,都只是讲如未讲。专用逐句讲解的办法,不免常常有这样的情形,自然说不上养成读书习惯了。

其次,就培植欣赏文学的能力那个目标来说,所谓欣赏,第一步还在透彻了解整篇文章,没有一点含糊,没有一点误会。这一步做到了,然后再进一步,体会作者意念发展的途径及其辛苦经营的功力。体会而有所得,那踌躇满志,与作者完成一篇作品的时候不相上下;这就是欣赏,这就是有了欣赏的能力。而所谓体会,得用内省的方法,根据自己的经验,而推及作品;又得用分析的方法,解剖作品的各部,再求其综合;体会绝不是冥心盲索[1]、信口乱说的事。这种能力的培植全在随时的指点与诱导。正如看图画听

---

1 比喻不明情况而工作。

音乐一样，起初没有门径，只看见一堆形象，只听见一串声音，必得受了内行家的指点与诱导，才渐渐懂得怎么看，怎么听；懂得怎么看怎么听，这就有了欣赏图画与音乐的能力。国文精读教材固然不尽是文学作品，但是文学与非文学，界限本不很严，即使是所谓普通文，他既有被选为精读教材的资格，多少总带点文学的意味；所以，只要指点与诱导得当，凭着精读教材也就可以培植学生的欣赏文学的能力。如果课前不教学生预习，上课又只做逐句讲解的工作，那就谈不到培植。前面已经说过，不教学生预习，他们就经历不到在学习上很有价值的几种心理过程；专教学生听讲，他们就渐渐养成懒得去仔细咀嚼的习惯。综合起来，就是他们对于整篇文章不能做到透切了解。然而透切了解正是欣赏的第一步。再请用看图画、听音乐来比喻，指点与诱导固然仰仗内行家，而看与听的能力的长进，还靠用自己的眼睛实际去看，用自己的耳朵实际去听。这就是说，欣赏文学要由教师指一点门径，给一点暗示，是预习之前的事。实际与文学对面，是预习与讨论时候的事。现在把这些事一概捐除[1]，单教学生逐句听讲，那么，纵使教师的讲解尽是欣赏的妙旨，在学生只是听教师欣赏文学罢了。试想，只听内行家讲他的对于图画与音乐的欣赏，而始终不训练自己的眼睛与耳朵，那欣赏的能力还不是只属于内行家方面吗？何况前面已经说过，逐句讲解，把它译作口头的语言而止，结果往往是讲如未讲，又怎么能是欣赏的妙旨？如归有光《先妣事略》末一句，"世

1　抛弃；除去。

乃有无母之人，天乎痛哉！"要与上面的话连带体会，才知道是表达孺慕之情的至性语。上面说母亲死后十二年，他补了学官弟子；这是一件重要事，必须告知母亲的，母亲当年责他勤学，教他背书，无非盼望他能得上进；然而母亲没有了，怎么能告知她呢？又说母亲死后十六年，他结了婚，妻子是母亲所聘定的，过一年生了个女儿；这又是一件重要事，必须告知母亲的，母亲当年给他聘定妻子，就只盼望他们夫妇和好，生男育女；然而母亲没有了，怎么能告知她呢？因为要告知而无从告知，加深了对于母亲的怀念。可是怀念的结果，对于母亲的生平，只有一二"仿佛如昨"，还记得起，其余的却茫然了；这似乎连记忆之中的母亲也差不多要没有了。于是说"世乃有无母之人，天乎痛哉！"好像世间不应当有"无母之人"似的。由于怀念得深，哀痛得切，这样痴绝的话不同平常的话正是流露真性情的话。这是所谓欣赏的一个例子。若照逐句讲解的原则，轮到这一句，不过口译道："世间竟有没有母亲的人，天啊！哀痛极了！"讲是讲得不错。但是，这篇临了，为什么突兀的来这么一句呢？母亲比儿子先死的，世间尽多，为什么这句中含着"世间不应当有的'无母之人'似的"的意思呢？对于这两个疑问都不曾解答。学生听了，也不过听了"世间竟有没有母亲的人，天啊！哀痛极了！"这么一句不相干的话而已，又哪里会得到什么指点与暗示，从而训练他们的欣赏能力？

再其次，就训练写作文章的技能那个目标来说。所谓写作，也不是什么了不得的事。从外面得来的见闻知识，从里面发出的意思情感，都是写作的材料；哪些材料值得写，哪些材料值不得写，得下一番选剔的功夫。材料既选定，用什么形式表现它才合式，用什么形式表现它就不合式，得下一番斟酌的功夫。斟酌妥当了，便连布局，造句，遣词都解决了。写作不过是这么一个过程，粗略地说，只要能识字能写字的人就该会写作。写作的技能所以要从精读方面训练，无非要学生写作得比较精一点。精读教材是挑选出来的，它的写作技能当然有可取之处；阅读时候看出那些可取之处，对于选剔与斟酌就渐渐增进了较深的识力；写作时候凭着那种识力来选剔与斟酌，就渐渐训练成较精的技能。而要看出精读教材的写作技能的可取之处，与欣赏同样（欣赏本来含有赏识技能的意思），第一步在对于整篇文章有透切的了解；第二步在体会作者意念发展的途径及其辛苦经营的功力。真诚的作者写一篇文章，决不是使花巧，玩公式，他的功力全在使情意与文字达到个完美的境界；换句话说，就是使情意圆融周至[1]，毫无遗憾，而所用文字又恰正传达出那个情意。如范仲淹作《严先生祠堂记》，末句原作"先生之德，山高水长"，李泰伯看了，教他把"德"字改为"风"字；又如欧阳修作《醉翁亭记》，开头历叙滁州的许多山，后来完全不要，只作"环滁皆山也"五字：历来传为写作技能方面的美谈。这些技能都不是徒然的修饰。根据《论语》"君子之德风"那句话，用个"风"字不但可以代表"德"字，并且增多了"君子之"的意思；还有，"德"字是呆板的，"风"字却是生动的，足以传达德被世人的意思，要指称高风亮节的严先生，自然用"风"字更好。

1　指周密畅达，详至周到。

再说《醉翁亭记》，醉翁亭既在滁州西南琅琊山那方面，何必历叙滁州的许多山？可是不说滁州的许多山，又无从显出琅琊山，唯有用个说而不详说的办法作"环滁皆山也"，最为得当。可见范仲淹的原稿与欧阳修的初稿都没有达到完美的境界，经李泰伯的代为改易与欧阳修的自己重作，才算达到了完美的境界。要从阅读方面增进写作的识力，就该在这等地方深切地注意。要从实习方面训练写作的技能，就该效法那些作者的求诚与不苟。无论写一个便条，记一则日记，作一篇《我的家庭》或《秋天的早晨》，都像李泰伯与欧阳修一样的用心。但是，国文教学仅仅等于逐句讲解的时候，便什么都谈不到了。逐句讲解既不足以培植欣赏文学的能力，也不足以训练写作文章的技能。纵使在讲过某一句的时候，加上去说"这是点题"或"这是题目的反面"，"这是侧击法"或"这是抑宾扬主法"，算是关顾到写作方面：其实于学生的写作技能并没有什么益处。因为这么一说，给予学生的暗示将是：写作只是使花巧，玩公式的事。什么"使情意圆融周至"，什么"所用文字恰正传达那个情意"，他们心中却没有一点影子。他们的写作技能又怎么训练得成功？

因为逐句讲解的办法仅仅包含（一）解释字词的意义，（二）说明成语典故的来历，（三）把书面的文句译作口头的语言三项工作，于是产生了两个不合理的现象：（一）认为语体没有什么可讲，便撇开语体，专讲文言；（二）对于语体，也像文言一样读一句讲一句。语体必须精读，在中学国文课程标准里素有规定；现在撇开语体，一方面是违背规定，另一方面是对不起学生——使他们受不到现代最切要的语体方面的种种训练。至于讲语体像讲文言一样，实在是个可笑的办法。除了各地方言偶有差异而外，纸面的语体与口头的语言几乎全同；现在还要把它口译，那无非逐句复读一遍而已。语体必须教学生预习，必须在上课时候讨论；逐句复读一遍决不能算精读了语体。关于这一点，拟另外作一篇文章细谈。

逐句讲解是最省事的办法；如要指导学生预习，主持课间讨论，教师就麻烦得多。但是专用逐句讲解的办法达不到国文教学的目标，如前面所说；教师为忠于职责忠于学生，自该不怕麻烦，让学生在听讲之外，多做些事，多得些实益。教师自己，在可省的时候正不妨省一点讲解的辛劳，腾出功夫来给学生指导，与学生讨论，也就绰有余裕了。

略读的指导 [1]

　　国文教学的目标，在养成阅读书籍的习惯，培植欣赏文学的能力，训练写作文字的技能。这些事不能凭空着手，都得有所凭借。凭借什么？就是课本或选文。有了课本或选文，然后养成、培植、训练的工作才得以着手。课本里所收的，选文中入选的，都是单篇短什，没有长篇巨著。这并不是说学生读了一些单篇短什就足够了。只因单篇短什分量不多，要做细磨细琢的研读功夫，正宜从此入手，一篇读毕，又读一篇，涉及的方面既不嫌偏颇，阅读的兴趣也不致单调，所以取作"精读"的教材。学生从精读方面得到种种经验，应用这些经验，自己去读长篇巨著以及其他的单篇短什，不再需要教师的详细指导，这就是"略读"。就教学而言，精读是主体，略读只是补充；但是就效果而言，精读是准备，略读才是应

<hr>

1　选自《略读指导举隅·前言》。

用。学生在校的时候，为了需要与兴趣，须在课本或选文以外阅读旁的书籍文章；他日出校之后，为了需要与兴趣，一辈子须阅读各种书籍文章；这种阅读都是所谓应用。使学生在这方面打定根基，养成习惯，全在国文课的略读。如果只注意于精读，而忽略了略读，功夫便只做得一半。其弊害是想象得到的，学生遇到需要阅读的书籍文章，也许会因没有教师在旁作精读那样的详细指导，而致无所措手。现在一般学校，忽略了略读的似乎不少，这是必须改正的。

略读不再需要教师的详细指导，并不等于说不需要教师的指导。各种学科的教学都一样，无非教师帮着学生学习的一串过程。略读是国文课程标准里面规定的正项工作，哪有不需要教师指导之理？不过略读指导与精读指导不同。精读指导必须纤屑不遗[1]，发挥净尽；略读指导却需提纲挈领，期其自得。何以需提纲挈领？唯恐学生对于当前的书籍文章摸不到门径，辨不清路向，马马虎虎读下去，结果所得很少。何以不必纤屑不遗？因为这一套功夫在精读方面已经训练过了，照理说，该能应用于任何时候的阅读；现在让学生在略读时候应用，正是练习的好机会。学生从精读而略读，譬如孩子学走路，起初由大人扶着牵着，渐渐的大人把手放了，只在旁边遮拦着，替他规定路向，防他偶或跌跤。大人在旁边遮拦着，正与扶着牵着一样的需要当心；其目的唯在孩子步履纯熟，能够自由走路。精读的时候，教师给学生纤屑不遗的指导，略读的

1　是指需要精细又要把握整体。

时候，更给学生提纲挈领的指导，其目的唯在学生习惯养成，能够自由阅读。

仅仅对学生说，你们随便去找一些书籍文章来读，读得越多越好；这当然算不得略读指导。就是斟酌周详，开列个适当的书目篇目，教学生自己照着去阅读，也还算不得略读指导。因为开列目录只是阅读以前的事；在阅读一事的本身，教师没有给一点帮助，就等于没有指导。略读如果只任学生自己去着手，而不给他们一点指导，很容易使学生在观念上发生误会，以为略读只是"粗略的"阅读，甚而至于是"忽略的"阅读；而在实际上，他们也就"粗略的"甚而至于"忽略的"阅读，就此了事。这是非常要不得的，积久养成不良习惯，就终身不能从阅读方面得到多大的实益。略读的"略"字，一半系就教师的指导而言：还是要指导，但是只须提纲挈领，不必纤屑不遗，所以叫作"略"。一半系就学生的功夫而言：还是要像精读那样仔细咬嚼，但是精读时候出于努力钻研，从困勉[1]达到解悟，略读时候却已熟能生巧，不需多用心力，自会随机肆应[2]，所以叫作"略"。无论教师与学生都须认清楚这个意思，在实践方面又须各如其分，做得到家，略读一事才会收到它预期的效果。

略读既须由教师指导，自宜与精读一样，全班学生用同一的教材。假如一班学生同时略读几种书籍，教师就不便在课内指导；

1　指刻苦勤奋。
2　指善于应付各种事情。

指导了略读某种书籍的一部分学生，必致抛荒了略读别种书籍的另一部分学生；各部分轮流指导固也可以，但是每周略读指导的时间至多也只能有两小时，各部分轮流下来，必致每部分都非常简略。况且同学间的共同讨论是很有助于阅读能力的长进的，也必须阅读同一的书籍才便于共同讨论。一个学期中间，为求精详周到起见，略读书籍的数量不宜太多，有二三种也就可以了。好在略读与精读一样，选定一些教材来读，无非"举一隅"的性质，都希望学生从此学得方法，养成习惯，自己去"以三隅反"；故数量虽少，并不妨事。学生如果在略读教材之外，更就兴趣选读旁的书籍，那自然是值得奖励的；并且希望能够普遍地这么做。或许有人要说，略读同一的教材，似乎不能顾到全班学生的能力与兴趣。其实这不成问题。精读可以用同一的教材，为什么略读就不能? 班级制度的一切办法，总之以中材[1]为标准；凡是忠于职务，深知学生的教师，必能选取适合于中材的教材，供学生略读；这就没有能力够不够的问题。同时所取教材必能不但适应学生的一般兴趣，并且切合教育的中心意义；这就没有兴趣合不合的问题。所以，略读同一的教材是无弊的，只要教师能够忠于职务，能够深知学生。

　　课内略读指导，包括阅读以前对于选定教材的阅读方法的提示，及阅读以后对于阅读结果的报告与讨论。作报告与讨论的虽是学生，但是审核他们的报告，主持他们的讨论，仍是教师的事；其间自不免有需要订正与补充的地方，所以还是指导。略读教材若

1　指中等人才。

是整部的书，每一堂略读课内令学生报告并讨论阅读那部书某一部分的实际经验；待全书读毕，然后令作关于全书的总报告与总讨论。至于实际阅读，当然在课外。学生课外时间有限，能够用来自修的，每天至多不过四小时。在这四小时内，除了温理旁的功课，作旁的功课的练习与笔记外，分配到国文课的自修的，至多也不过一小时。一小时够少了，而精读方面也得自修、预习、复习、诵读、练习，这些都是非做不可的；故每天的略读时间至多只能有半小时。每天半小时，一周便是三小时（除去星期放假）。每学期上课时间以二十周计，略读时间仅有六十小时。在这六十小时内，如前面所说的，要阅读二三种书籍，篇幅太多的自不相宜；如果选定的书正是篇幅太多的，那只得删去若干，选读它的一部分。不然，分量太多，时间不够，学生阅读势必粗略，甚而至于忽略；或者有始无终，没有读到完篇就丢开；这就会养成不良习惯，为终身之累。所以漫无计算是要不得的。与其贪多务广，以致发生流弊，不如预作精密估计，务使在短少时间之内把指定的教材读完，而且把应做的工作都做到家，决不草率从事，借此养成阅读的优良习惯，来得有益得多。学生有个很长的暑假，又有个相当长的寒假；在这两个假期内，可以自由阅读很多的书。如果略读时候养成了优良习惯，到暑假寒假期间，各就自己的需要与兴趣去多多阅读，那一定比不经略读的训练多得吸收的实效。归结起来说，就是：略读的分量不宜过多，必须顾到学生能用上的时间；多多阅读固宜奖励，但是得为时间所许可，故以利用暑假寒假最为适当。

书籍的性质不一，因而略读指导的方法也不能一概而论。就一般说，在阅读以前应该指导的有以下各项。

一　版本指导

一种书往往有许多版本。从前是木刻，现在是排印。在初刻初排的时候或许就有了错误，随后几经重刻重排，又不免辗转发生错误；也有逐渐的增补或订正。读者读一本书，总希望得到最合于原稿的，或最为作者自己惬意的本子；因为唯有读这样的本子才可以完全窥见作者的思想感情，没有一点含糊。学生所见不广，刚与一种书接触，当然不会知道哪种本子较好；这须待教师给他们指导。现在求书不易，有书可读便是幸事，更谈不到取得较好的本子。正唯如此，这种指导更不可少；哪种本子校勘最精审，哪种本子是作者的最后修订稿，都得给他们说明，使他们遇到那些本子的时候，可以取来覆按，对比。还有，这些书经各家的批评或注释，每一家的批评或注释自成一种本子，这中间也就有了优劣得失的分别。其需要指导，理由与前说相同。总之，这方面的指导，宜运用校勘家、目录家的知识，而以国文教学的观点来范围它。学生受了这样的熏陶，将来读书不但知道求好书，并且能够抉择好本子，那是受用无穷的。

二　序目指导

读书先看序文，是一种好习惯。学生拿到一部书，往往立刻看本文，或者挑中间有趣味的部分来看，对于序文，认为与本文没有关系似的；这是因为不知道序文很关重要的缘故。序文的性质常常是全书的提要或批评，先看一遍，至少对于全书有个概括的印象或衡量的标准；然后阅读全书，就不至于茫无头绪。通常读书，其提要或批评不在本书而在旁的地方的尚且要找来先看；对于具有提要或批评的性质的本书序文怎能忽略过去？所以在略读的时候，必须教学生先看序文，养成他们的习惯。序文的重要程度，各书并不一致。属于作者的序文，若是说明本书的作意、取材、组织等项的，那无异于"编辑大意""编辑例言"，借此可以知道本书的规模，自属非常重要。有些作者在本文之前作一篇较长的序文，其内容并不是本文的提要，却是阅读本文的准备知识，犹如津梁或门径，必须通过这一关才可以涉及本文；那就是"导言"的性质，重要程度也高。属于编订者或作者师友所作的序文，若是说明编订的方法，抉出全书的要旨，评论全书的得失的，都与了解全书直接有关，重要也不在上面所说的作者自序之下。无论作者自作或他人所作的序文，有些仅仅叙一点因缘，说一点感想，与全书内容关涉很少；那种序文的本身也许是一篇好文字，对于读者就比较不重要了。至于他人所作的序文，有专事赞扬而过了分寸的，有很想发挥而不得要领的；那种序文实际上很不少，诗文集中尤其多，简直可以不必看。教师指导，要教学生先看序文，更要审查序文的重要程度，与以相当的提示，使他们知道注意之点与需要注意力的多少。若是无关紧要的序文，自然不教他们看，以免浪费时力。

目录表示本书的眉目，也具有提要的性质。所以也须养成学生先看目录的习惯。有些书籍，固然须顺次读下去，不读第一卷就无从着手第二卷。有些书籍却不然，全书分做许多部分，各部分自为起讫，其前后排列或仅大概以类相从，或仅依据撰作的年月，或竟完全出于编排时候的偶然；对于那样的书籍，就不必顺次读下去；可以打乱全书的次第，把有关某一方面的各卷各篇聚在一起读，读过以后，再把有关其他方面的各卷各篇聚在一起读，或许更比顺次读下去方便且有效得多。要把有关的各卷各篇聚在一起，就更有先看目录的必要。又如选定教材若是长篇小说，假定是《水浒》，因为分量太多，时间不够，不能通体略读，只好选读它的一部分，如写林冲或武松的几回。要知道哪几回是写林冲或武松的，也得先看目录。又如选定教材的篇目若是非常简略，而其书又适宜于不按照次第来读的，假定是《孟子》，那就在篇目之外，最好先看赵岐的"章指"。"章指"并不编列在目录的地位；用心的读者不妨抄录二百几十章的"章指"，当它是个详细的目录提要。有了这样详细的目录提要，因阅读的目标不同，就可以把二百几十章作种种的组合，为某一目标取某一组合来精心钻研。目录的作用当然还有，可以类推，不再详说。教师指导的时候，务须相机提示，使学生能够充分利用目录。

三　参考书籍指导

参考书籍，包括关于文字的音义，典故成语的来历等所谓工具书，以及与所读书有关的必须借彼而后明此的那些书籍。从小的方面说，阅读一书而求其彻底了解，从大的方面说，做一种专门研究，要从古今人许多经验中得到一种新的发现，一种系统的知识，都必须广博地翻检参考书籍。一般学生读书，往往连字典词典也懒得翻，更不用说跑进图书室去查阅有关书籍了。这种"读书不求甚解"的态度，一时未尝不可马虎过去；但是这就成了终身的病根，将不能从阅读方面得到多大益处；若做专门研究工作，更难有满意的成就。所以，利用参考书籍的习惯，必须在学习国文的时候养成。精读方面要多多参考，略读方面还是要多多参考。起初，学生必嫌麻烦，这要翻检，那要搜寻，不如直接读下去来得爽快；但是渐渐成了习惯，就觉得必须这样多多参考，才可以透彻地了解所读的书，其味道的深长远胜于"不求甚解"；那时候，让他们"不求甚解"也不愿意了。国文课内指导参考书籍，当然不能如专家做研究工作一样，搜罗务求广博，凡有一语一条用得到的材料都舍不得放弃，开列个很长的书目。第一，须顾到学生的能力。参考书籍用来帮助理解本书，若比本书艰深，非学生能力所能利用，虽属重要，也只得放弃。譬如阅读某一书，须做关于史事的参考，与其教学生查《二十四史》，不如教他们翻一部近人所编的通史；再退一步，不如教他们看他们所读的历史课本。因为通史与历史课本的编辑方法适合于他们的理解能力；而《二十四史》本身还只是一堆材料，要在短时期间从中得到关于一件史事的概要，事实上不可能。曾见一些热心的教师给学生开参考书目，把自己所知道的，巨细不遗，逐一开列，结果是洋洋大观，学生见了唯有望洋兴叹；有些学生果真去按目参考，又大半不能理解，有参考之名，无参考之实。这就是以教师自己为本位，忽略了学生能力的弊病。第二，须顾到图书室的设备。教师提示的书籍，学生从图书室立刻可以检到，既不耽误工夫，且易引起兴趣。如果那参考书的确必要，又为学生的能力所能利用，而图书室没有，学生只能以记忆书名了事；那就在阅读上短少了一分努力，在训练上错过了一个机会。因此，消极的办法，教师提示参考书籍，应以图书室所具备的为限；积极的办法，就得促图书室有计划地采购图书——各科至少有最低限度的必要参考书籍，国文科方面当然要有它的一份。这件事很值得提倡。现在一般学校，不是因经费不足，很少买书，就是因偶然的机缘与教师的嗜好，随便买书；有计划地为供学生参考而采购的，似乎还不多见。还有个补救的办法，图书室没有那种书籍，而地方图书馆或私家藏书却有，教师不妨指引学生去借来参考。图书室购备参考书籍，即使有复本，也不过两三本；一班学生同时要拿来参考，势必争先恐后，后拿到手的，已经浪费了许多时间。为解除这种困难，可以用分组参考的办法：假定阅读某种书籍需要参考四部书，就分学生为四组，使每组参考一部；或待相当时间之后互相交换，或不再交换，就使每组报告参考所得，以免他组自去参考。第三，指定了参考书籍，教师的事情并不就此完毕。如果那种书籍的编制方法是学生所不熟悉的，或者分量很多，学生不容易找到所需参考的部分的，教师都得给他们说明或指示。一方面要他们练习参考，一方面又要他们不致茫无头绪，提不起兴趣；唯有如上所说相机帮助他们，才可以做到。

四　阅读方法指导

各种书籍因性质不同，阅读方法也不能一样。但是就一般说，总得像精读时候的阅读那样，就其中的一篇或一章一节，逐句循诵，摘出不了解的处所；然后应用平时阅读的经验，试把那些不了解的处所自求解答；得到了解答，再看注释或参考书，以检验解答的对不对；如果实在无法解答，那就径看注释或参考书。不了解的处所都弄清楚了，又复读一遍，明了全篇或全章全节的大意。最后细读一遍，把应当记忆的记忆起来，把应当体会的体会出来，把应当研究的研究出来。全书的各篇或各章各节，都该照此办法。略读原是用来训练阅读的优良习惯，必须脚踏实地，毫不苟且，才有效益；决不能让学生胡乱读过一遍就算。唯有开始脚踏实地，毫不苟且，到习惯既成之后才会"过目不忘"，"展卷自得"。若开始就草草从事，说不定将一辈子"过目辄忘""展卷而无所得"了。还有一层，略读既是国文功课方面的工作，无论阅读何种书籍，都宜抱着研究国文的态度，平常读一本数学课本，不研究它的说明如何正确；读一本史地课本，也不研究它的叙述如何精当。数学课本与史地课本原可以在写作技术方面加以研究；因作者的造诣不同，同样是数学课本与史地课本，其正确与精当的程度实际上确也大有高下。但是在学习数学、学习史地的立场，自不必研究那些；如果研究那些，便转移到学习国文的立场，抱着研究国文的态度了。其他功课的阅读都只须顾到书籍的内容。国文功课训练阅读，独须内容形式兼顾，并且不把内容形式分开来研究，而认为不可分割的两方面；经过了国文功课方面的训练，再去阅读其他功课的书籍，眼力自也增高。认清了这一层，对于选定的略读书籍自必一律作写作技术的研究，被选的书总有若干长处；读者不仅在记得那些长处，尤其重要的在能看出为什么会有那些长处。同时不免或多或少有些短处；读者也须能随时发现，说明它的所以然，这才可以做到读书而不为书所蔽。——这一层也是就一般说的。

现在再分类来说，有些书籍，阅读它的目的在从中吸收知识，增加自身的经验；那就须运用思考与判断，认清全书的要点，不歪曲也不遗漏，才得如愿。若不能抉择书中的重要部分，认不清全书的要点，或忽略了重要部分，却把心思用在枝节上，所得结果就很少用处。要使书中的知识化为自身的经验，自必从记忆入手；记忆的对象若是阅读之后看出来的要点，因它条理清楚，印入自较容易。若不管重要与否，而把全部平均记忆，甚至以全部文句为记忆的对象，那就没有纲领可凭，徒增不少的负担，结果或且全部都不记忆。所以死用记忆决不是办法，漫不经心地读着读着，即使读到烂熟，也很难有心得；必须随时运用思考与判断，接着择要记忆，才合于阅读这一类书籍的方法。

又如小说或剧本，一般读者往往只注意它的故事；故事变化曲折，就感到兴趣，读过以后，也只记住它的故事。其实凡是好的小说和剧本，故事仅是迹象；凭着那迹象，作者发挥他的人生经验或社会批判，那些才是精魂。阅读小说或剧本而只注意它的故事，专取迹象，抛弃精魂，绝非正当方法。在国文课内，要培植欣赏文学的能力，尤其不应如此。精魂就寄托在迹象之中，对于故事自不可忽略；但是故事的变化曲折所以如此而不如彼，都与作者发挥他的人生经验和社会批判有关，这一层更须注意。初学者还没有素养，一时无从着手；全仗教师给他们易晓的暗示与浅明的指导，渐渐引他们入门。穿凿附会固然要不得，粗疏忽略同样要不得。凭着故事的情节，逐一追求作者要说而没有明白说出来的意思，才会与作者的精神相通，才是阅读这一类书籍的正当方法。有些学生喜欢看低级趣味的小说之类，教他们不要看，他们虽然答应了，一转身还是偷偷地看。这由于没有学得阅读这类书籍的方法，注意力仅仅集中在故事上的缘故。他们如果得到适当的暗示与指导，渐渐有了素养，就会觉得低级趣味的小说之类在故事之外没有东西，经不起咀嚼；不待他人禁戒，自然就不喜欢看了。——这可以说是消极方面的效益。

又如诗集，若是个人的专集，按写作年月，顺次看诗人意境的扩大或转换，风格的确立或变易，是一种读法。按题材归类，看诗人对于某一题材如何立意，如何发抒，又是一种读法。按体式归类，比较诗人对于某一类体式最能运用如意，倾吐诗心，又是一种读法。以上都是分析研究方面的事，而文学这东西，尤其是诗歌，不但要分析地研究，还得要综合地感受。所谓感受，就是读者的心与诗人的心起了共鸣，仿佛诗人说的正是读者自己的话，诗人宣泄的正是读者自己的情感似的。阅读诗歌的最大受用在此。通常说诗歌足以陶冶性情，就因为深美玄妙的诗歌能使读者与诗人同其怀抱。但是这种受用不是没有素养的人所能得到的；素养不会凭空而至，还得从分析的研究入手。研究愈精，理解愈多，才见得纸面的文字——是诗人心情动荡的表现；读它的时候，心情也起了动荡，几乎分不清那诗是诗人的还是读者自己的。所读的若是总集，也可应用类似前说的方法，发现各代诗人取材的异同，风格的演变，比较各家各派意境的浅深，抒写的技巧；探讨各种体式如何与内容相应，如何去旧而谋新：这些都是研究的事，唯有经过这样研究，才可以享受诗歌。我国历代诗歌的产量极为丰富；读诗一事，在知识分子中间差不多是普遍的嗜好。但是就一般说，因为研究不精，感受不深，往往不很了然什么是诗。无论读和写，几乎都认为凡是五字一句，七字一句，而又押韵的文字便是诗；最近二十年通行了新体诗，又都认为凡是分行写的白话便是诗。连什么是诗都不能了然，哪里还谈得到享受？更哪里谈得到写作？中学生固然不必写诗，但是有享受诗的权利；要使他们真能享受诗，自非在国文课内认真指导不可。

又如古书，阅读它而要得到真切的了解，必须明了古人所处的环境与所怀的抱负。陈寅恪先生作审查一本中国哲学史的报告，中间说："古人著书立说，皆有所为而发；故其所处之环境，所受之背景，非完全明了，则其学说不易评论。而古代哲学家去今数千年，其时代之真相极难推知。吾人今日可依据之材料，仅为当时所遗存最小之一部；欲借此残余断片以窥测其全部结构，必须备艺术家欣赏古代绘画雕刻之眼光及精神，然后古人立说之用意与对象始可以真了解。所谓真了解者，必神游冥想，与立说之古人处于同一境界，而对于其持论所以不得不如是之苦心孤诣，表一种之同情，始能批评其学说之是非得失，而无隔阂肤廓[1]之论。否则数千年前之陈言旧说，与今日之情势迥殊，何一不可以可笑可怪目之乎？"这里说的是专家研究古代哲学应持的态度，并不为中学生而言；要达到这种境界，必须有很深的修养与学识，一般知识分子尚且不易做到，何况中学生？但是指导中学生阅读古书，不可不酌取这样的意思，以正他们的趋向——尽浅不妨，只要趋向正，将来可以渐求深造。否则学生必致辨不清古人的是非得失，或者一味盲从古人，成个不通的"新顽固"，或者一味抹杀古人，骂古人可笑可怪，成个浅薄的妄人。这岂是教他们阅读古书的初意？所谓尽浅不妨，意思是就学生所能领会的，给他们适当的指导。如读《孟子·许行章》"或劳心，或劳力；劳心者治人，劳力者治于人；治于人者食人，治人者食于人；天下之通义也"一节，若以孟子这个话为天经地义，而说从前君主时代竭尽天下的人力物力以供奉君主是合理的，现代的民权思想与民主政治是要不得的；这便是糊涂头脑。若以孟子这个话为胡言乱语，而说后代劳心者与劳力者分成两个阶级，劳心阶级地位优越，劳力阶级不得抬头，都是孟子的遗毒；这也是偏激之论。要知道孟子这一章在驳许行的君臣并耕之说，他所持的论据是与许行相反的"分工互助"。劳力的百工都有专长，劳心的"治人者"也有他的专长，各出专长，分任工作，社会才会治理：这是孟子的政治理想。时代到了战国，社会关系渐趋繁复，许行那种理想当然行不通。孟子看得到这一点，自是他的识力。

1　空洞浮泛，不切实际。

要怎样才是他理想中的"治人者"？看以下"当尧之时"一大段文字便可明白，就是：像尧舜那样一心为民，干得有成绩，才算合格。这是从他"民为贵"的根本观点而来的，正因"民为贵"，所以为民除疾苦，为民兴教化的人是"治人者"的模范。于此可见他所谓"治人者"至少含有"一心为民，干政治具有专长的人"的意思，并不泛指处在君位的人，如古代的酋长或当时的诸侯。至于"食人""食于人"，在他的意想中，只是表示互助的关系而已，并不含有"注定被掠夺""注定掠夺人家"的意思。——如此看法，大概近于所谓"了解的同情"，与前面说起的糊涂头脑与偏激之论全然异趣。这未必深奥难知，中材的高中二三年生也就可以领会。多做类似的指导，学生自不致走入泥古诬古[1]的歪路了。

五　问题指导

无论阅读何种书籍，要把应当记忆的记忆起来，把应当体会的体会出来，把应当研究的研究出来，总得认清几个问题——也可以叫作题目。如读一个人的传记，这个人的学问、事业怎样呢？或读一处地方游记，那地方的自然环境、社会情形怎样？都是最浅近的例子。心中存在着这些问题或题目，阅读就有了标的，辨识就有了头绪。又如阅读《爱的教育》，可以提出许多问题或题目：作为书中主人翁的那个小学生安利柯，他的父亲常常勉励他，教

1　指固守陈规，随意捏造。

训他，父亲希望他成个怎样的人呢？书中写若干小学生，家庭环境不同，品性习惯各异，品性习惯受不受家庭环境的影响呢？书中很有使人感动的地方，为什么能使人感动呢？诸如此类，难以说尽。又如阅读《孟子》，也可以提出许多问题或题目：孟子主张"民为贵"，书中的哪些篇章发挥这个意思呢？孟子的理想中，把政治分为王道的与霸道的两种，两种的区别怎样呢？孟子认为"王政"并不难行，他的论据又是什么呢？诸如此类，难以说尽。这些是比较深一点的。善于读书的人，一边读下去，一边自会提出一些问题或题目来，作为阅读的标的，辨识的头绪，或者初读时候提出一些，重读时候另外又提出一些。教学生略读，当然希望学生也能如此；但是学习习惯未成，功力未到，恐怕他们提不出什么，只随随便便地胡读一阵了事，就有给他们提示问题的必要。对于一部书，可提出的问题或题目，往往如前面说的，难以说尽。提得太深了，学生无力应付；提得太多了，学生又无暇兼顾。因此，宜取学生能力所及的，分量多少又得顾到他们的自修时间。凡所提示的问题或题目，不只教他们"神游冥想"，以求解答；还要让他们利用所有的凭借，就是序目、注释、批评及其他参考书。在教师提示之外，学生如能自己提出，当然大可奖励。但是提得有无价值，得当不得当，还须由教师注意与指导。为养成学生的互助习惯与切磋精神起见，也可分组研究；令每组解答一个问题或题目，到上课时候报告给人家知道，再听同学与教师的批判。

以上说的，都是教师给学生的事前指导。以后就是学生的事情了——按照教师所指导的去阅读，去参考，去研究。在这一段过程中，学生应该随时作笔记。说起笔记，现在一般学生似乎还不很明白它的作用；只因教师吩咐要作笔记，他们就在空白本子上胡乱写上一些文字交卷。这种观念必须纠正。要让他们认清，笔记不是教师向他们要的赋税，而是他们读书学习不能不写的一种记录。参考得来的零星材料，临时触发的片段意思，都足以供排比贯穿之用，怎能不记录？极关重要的解释与批评，特别欣赏的几句或一节，就在他日还值得一再检览，怎能不记录？研究有得，成了完整的理解与认识，若不写下来，也许不久又忘了，怎能不记录？这种记录都不为应门面，求分数，讨教师的好，而只为于他们自己有益——必须这么做，他们的读书学习才见得切实。从上面的话看，笔记大概该有两大部分：一部分是碎屑的摘录；一部分是完整的心得——说得堂皇一点，就是"读书报告"或"研究报告"。对于初学，当然不能求其周密深至；但是敷衍塞责的弊病必须从开头就戒除，每抄一条，每写一段，总得让他们说得出个所以然。这样成了习惯，终身写作读书笔记，便将受用无穷，无论应付实务或研究学问，都可以从笔记方面得到许多助益。而在上课讨论的时候，这种笔记就是参加讨论的准备；有了准备，自不致茫然无从开口，或临时信口乱说了。

学生课外阅读之后，在课内报告并讨论阅读一书某一部分的实际经验；待全书读毕，然后作全书的总报告与总讨论，前面已经说过。那时候教师所处的地位与应取的态度，《精读指导举隅》曾经提到，不再多说。现在要说的是成绩考查的事。教师指定一本书教学生阅读，要他们从书中得到何种知识或领会，必须有个预期的标准；那个标准就是判定成绩的根据。完全达到了标准，成绩很好，固然可喜；如果达不到标准，也不能给他们一个不及格的分数就了事，必须研究学生所以达不到标准的原因——是教师自己的指导不完善呢，还是学生的资质上有缺点，学习上有疏漏？——竭力给他们补救或督促，希望他们下一次阅读的成绩比较好，能渐近于标准。一般指导自然愈完善愈好；对于资质较差，学习能力较低的学生的个别指导，尤须有丰富的同情与热诚。总之，教师在指导方面多尽一分力，无论优等的次等的学生必可在阅读方面多得一分成绩。单是考查，给分数，填表格，没有多大意义；为学生的利益而考查，依据考查再打算增进学生的利益，那才是教育家的存心。

以上说的成绩，大概指了解，领会以及研究心得而言。还有一项，就是阅读的速度。处于事务纷繁的现代，读书迟缓，实际上很吃亏；略读既以训练读书为目标，自当要求他们速读，读得快，算是成绩好，不然就差。不用说，阅读必须以精细正确为前提；能精细正确了，是否敏捷迅速却是判定成绩应该注意的。

读《史记·叔孙通传》

　　写人物的文章，根据实际的如传记，出于虚构的如小说，都必然有对话与行动。对话与行动是人物最显著的表现。从这两种表现可以知道人物的思想、情感、脾气、习惯等等，也就是可以知道人物的全部生活——不仅是生活的外表，而且是生活的根柢。作者用文字写人物，无非要使读者如见其人，不但如见其人，还要使读者接触到其人的内心生活。这就势所必然地要写其人的对话与行动。试想想看，如果不写对话与行动，要写人物又怎样下笔呢？那只有用一些抽象的语句，说其人的思想怎样怎样，癖好怎样怎样，待人接物怎样怎样了——这些"怎样怎样"可以简单，也可以繁复，简单的是一个形容词，繁复的是接二连三的形容语。一篇写人物的文章，没有人物的对话与行动，单由作者运用一些形容词形容语来构成，原不犯什么禁令；并且那样的文章也并非少见，咱们收到丧事人家发的"行状""传略"，往往是那一类。可是，那样写出的人物是平面的，不是立体的；是死板的，不是生动的。读者读过了，只能知道有那么一个人，可不能如见其人，更不用说接触到其人的内心生活了。所以就效果上说，那样的文章是很少效果的。作者期望他的文章收到较多的效果，期望笔下的人物成为立体的，生动的，就不能不在人物的对话与行动上多用功夫。

这一回谈写人物的文章，在人物的对话与行动两种表现中，撇开行动，单说对话。采用的文章是《史记·刘敬叔孙通列传》中的一段。故事自成起讫，如果给它定个题目，可以题作《叔孙通定朝仪》。

汉二年，汉王从五诸侯入彭城，叔孙通降汉王。汉王败而西，因竟从汉。叔孙通儒服，汉王憎之；乃变其服，服短衣，楚制，汉王喜。叔孙通之降汉，从儒生弟子百馀人，然通无所言进，专言诸故群盗壮士进之。弟子皆窃骂曰："事先生数岁，幸得从降汉。今不能进臣等，专言大猾，何也？"叔孙通闻之，乃谓曰："汉王方蒙矢石争天下，诸生宁能斗乎？故先言斩将搴旗之士。诸生且待我，我不忘矣。"汉王拜叔孙通为博士，号稷嗣君。

汉五年，已并天下，诸侯共尊汉王为皇帝于定陶，叔孙通就其仪号。高帝悉去秦苛仪法，为简易。群臣饮酒争功，醉或妄呼，拔剑击柱，高帝患之。叔孙通知上益厌之也，说上曰："夫儒者难与进取，可与守成。臣愿征鲁诸生，与臣弟子共起朝仪。"高帝曰："得无难乎？"叔孙通曰："五帝异乐，三王不同礼。礼者，因时世人情为之节文者也。故夏殷周之礼所因损益可知者，谓不相复也。臣愿颇采古礼与秦仪杂就之。"上曰："可试为之，令易知，度吾所能行为之。"

于是叔孙通使征鲁诸生三十馀人。鲁有两生不肯行，曰："公所事者且十主，皆面谀以得亲贵。今天下初定，死者未葬，伤者未起，又欲起礼乐。礼乐所由起，积德百年而后可兴也。吾不忍为公所为。公所为不合古，吾不行。公往矣，无污我！"叔孙通笑曰："若真鄙儒也，不知时变。"遂与所征三十人西，及上左右为学者与其弟子百馀人，为绵蕞野外习之。月馀，叔孙通曰："上可试观。"上既观，使行礼，曰："吾能为此。"乃令群臣习肄，会十月。

汉七年，长乐宫成，诸侯群臣皆朝十月。仪：先平明，谒者治礼，引以次入殿门。廷中陈车骑，步卒卫宫，设兵，张旗志。传言趋。殿下郎中侠陛，陛数百人。功臣列侯诸将军军吏以次陈西方，东向。文官丞相以下陈东方，西向。大行设九宾，胪传。于是皇帝辇出房。百官执职传警。引诸侯王以下至吏六百石以次奉贺。自诸侯王以下莫不振恐肃敬。至礼毕，复置法酒。诸侍坐殿上皆伏抑首，以尊卑次起上寿。觞九行，谒者言罢酒。御史执法，举不如仪者，辄引去。竟朝置酒，无敢谨哗失礼者。于是高帝曰："吾乃今日知为皇帝之贵也。"

乃拜叔孙通为太常，赐金五百斤。叔孙通因进曰："诸弟子儒生随臣久矣，与臣共为仪，愿陛下官之。"高帝悉以为郎。叔孙通出，皆以五百斤金赐诸生。诸生乃皆喜曰："叔孙生诚圣人也，知当世之要务。"

先请读者诸君把全篇中的词语弄明白了。大概使用《辞源》《辞海》一类的辞书就可以弄明白。然后通体细看，每一句辨明它的意义，每一节认清它的事迹。末了注意到这一回所谈的一个方面——人物的对话。

这一篇记的是叔孙通，他的对话最多，共计回答弟子一次，向高帝进言四次，讥笑鲁两生一次。他的弟子们发言两次，一次是怨他，一次是赞他。此外鲁两生拒绝叔孙通一次。高帝与叔孙通对话，并自己表示得意，共计四次。

叔孙通讥笑鲁两生，说他们是"鄙儒""不知时变"，他自认该是"通儒""知时变"的了；后来弟子感激他，又说他"知当世之要务"。所谓"知时变"与"知当世之要务"，用现在的话说起来，就是懂得迎合潮流，能够看风使舵，不死守着什么宗旨信仰。叔孙通的一些对话，都把他的"知时变"与"知当世之要务"具体地表现出来，使读者感到他就是那样一个"通儒"，与拘守古制、效法先王的儒者并不一样。

试看他回答弟子的话："汉王方蒙矢石争天下，诸生宁能斗乎？"用最实际的说法，把弟子们按住，一方面也就见出他能够"知当世之要务"。可又宽慰他们说，"诸生且待我，我不忘矣"。"不忘"什么？当然是不忘引进他们，有朝一日大家弄个官做。这种话只有在师弟之间私谈的时候才好说，当着旁人决不便说。如果是以道行相砥砺的师弟，即使私谈也不会说这种话，特别是师的方面。听听那声气，不正与政治上一个小派系的头子回复谋干差使的人说"知道了，看机会吧，总有你的分"一模一样吗？说这种话的时候，叔孙通把儒者的面具卸下来了。

再看他向高帝进言。他说："儒者难与进取，可与守成。"正当高帝"益厌之"的时候，他表示有办法——"守成"的办法，"起朝仪"来安定朝廷的秩序。这又是个"知时变"，又是个"知当世之要务"。他这个话与回答弟子的话是一贯的。"难与进取"无异说"宁能斗乎"；而"守成"就是他教弟子们等待的。从这前后一贯的对话，可见叔孙通心目中，儒者的任务无非帮助成功的皇帝想些办法，维持尊严，并没有儒者的宗师孔子那种"行道"的想头。他又说"愿征鲁诸生，与臣弟子共起朝仪"，把"鲁诸生"提在前头，因为鲁是知礼之邦；同时带出弟子们，见得他的确"不忘"，一直把弟子们的愿望放在心上，可是一点不落痕迹。高帝恐怕礼仪麻烦，他就回说"臣愿颇采古礼与秦仪杂就之"。这句话里的"古礼"与"秦仪"都只是陪衬，主要的是"杂就之"，把马虎牵就的心情透彻地表出。儒者对于礼仪是看得非常郑重的，叔孙通却这样马虎牵就，他是何等样的儒者也就可想而知了。上面两句是他不妨"杂就之"的论据。前一句大概是儒者相传的话，意思也见于《礼记·坊记》。后一句简缩了《论语》中孔子的话："殷因于夏礼，所损益可知也；周因于殷礼，所损益可知也；其或继周者，虽百世可知也。"有了论据，见得"杂就之"就是"因"，就是"损益"，不违背儒者的传统。并且，三句不离本行，儒者的语句脱口而出，正见儒生的本色。叔孙通虽然不是正宗的儒者，在口头充充儒者的派头当然是擅场的。

最后看他把弟子们荐给高帝，也把儒者的面具卸下来，老实不客气地说，"我手下有许多弟子，他们有功劳，他们要官做"。要知道那时候"守成"的办法已经见效，高帝得意得不可开交；叔孙通自己拜为太常，得了五百斤的赐金；他与高帝的关系已经达到亲近的地步了。既然如此，落得开门见山，老实不客气说出来。在这样的场合里，高帝还会吝惜几个"郎"的位置不给吗？这又见得叔孙通能够抓住时机，又是个"知时变"。

现在看弟子们的话。在抱怨的一次里，他们说"事先生数岁，幸得从降汉"。把他们希冀利禄的心情完全托出。他们师弟一伙儿原来是任何诸侯都可以投的，现在居然投在较有成功希望的一方面，这就是所谓"幸"。在这儿弄个一官半职，饭碗可以长久，而且有升擢的指望，这又是将来的"幸"。一班弟子所为何来，在一个"幸"字上表达得透彻明显极了。在赞扬的一次里，他们说"叔孙生诚圣人也，知当世之要务"。可见他们由于平时的习染（如听叔孙通批评鲁两生"不知时变"）以及实际的经验（如乘机起朝仪果然成功，只要说一句话果然大家当了"郎"），相信他们的老师确然能"知当世之要务"，是个顶了不起的人；用他们儒者习惯的说法，顶了不起的人就称他为"圣人"。可是，照正宗的儒者的见解，"圣人"的含义要广大高深得多，决不仅是"知当世之要务"。他们那样说，显见他们并非正宗的儒者。他们得了一官半职，就极口称扬老师，连"圣人"

也说了出来，这正传出了他们热中¹的满足的感激的心情。

叔孙通的弟子是何等样的人物，就在前后两次发言中见出。写弟子无非作叔孙通的陪衬，弟子如此，老师可想而知了。

鲁两生正与叔孙通对照，写他们的话，作用在作叔孙通的反衬。鲁两生瞧不起叔孙通，说他"所事者且十主，皆面谀以得亲贵"。他们特别看重礼乐，讲"积德"，讲"合古"。这些观念代表了正宗的儒者。在正宗的儒者看来，叔孙通的立身处世没有一丝儿对的。他们不仅拘谨的守着儒者的传统，也关注到当前的现实。他们说，"今天下初定，死者未葬，伤者未起，又欲起礼乐。"这显然说叔孙通不在安定社会一方面用功夫，却想迎合高帝，粉饰太平。安定社会，积德累仁，正是儒者精要的主张，也是期望于统治者的切要措施。他们虽然被叔孙通骂为"鄙儒"，究竟谁是"鄙儒"，细读全篇自然有数。

现在只剩高帝的对话了。高帝的对话都很简短，可是句句传神。"得无难乎？"表出他的流氓习性。他平日厌恶儒者，箕踞²骂人，现在听叔孙通说要他搞一套儒者的花样，他就爽直地问这么一句，无异说"只怕老子弄不来吧"。待他听了叔孙通准备马虎牵就的话，就说"可试为之，令易知，度吾所能行为之"。他对于叔孙通说的"五帝"啊，"三王"啊，"节文"啊，"夏殷周"啊，也许是不大入耳。你既然说"杂就之"，看你巴结，就让你试一试吧。总之要我弄得来才行，你得替我打算。这仍然是流氓头子口气。后来

---

1 现作"热衷"。
2 形容一种轻慢、傲视对方的姿态。

参观过试礼，他说"吾能为此"。这是他心动了，发生兴味了。他见那么一个大排场，自己将在其中做个供奉的中心，人家振恐，自己尊严，人家劳顿，自己安逸，那有什么弄不来的？最后真的行过了礼，他得意万分，自然流露，毫不掩饰，说了一句"吾乃今日知为皇帝之贵也"。假仁假义的皇帝决不肯说这句话，唯有流氓出身的皇帝才说这句话。他不怕人家说他寒伧，当了几年的皇帝到今朝才尝着皇帝的味道；他只知道今朝我尝着了，我得意，我就吐露我的得意。叔孙通的一套礼仪能够使高帝这样得意，说出这样的话，并且升他的官，给他厚重的赐金，又衬托出鲁两生说"面谀以得亲贵"的话并非肆口漫骂，是确然看透了叔孙通的骨子。

传记是根据实际的，单就对话而论，必须传记中的人物说过那些话，作者才可以写出那些话。这当儿，作者的功夫在于选择，就是选择那些与本篇题旨有关的对话，选择那些足以表现人物内心生活的对话，写入文章里头；以外的就一概不要。譬如在叔孙通定朝仪那件事情里头，叔孙通自己，他的弟子们，汉高帝，以至鲁两生，难道只有写入文章里，如咱们现在读到的那几句对话吗？就情理说，是决不止的。可是司马迁只把那几句对话写入文章，那是他选择的结果。他的选择果然收了效果；咱们读那几句对话，从而感知了那几个人的为人。

至于出于虚构的小说，其中的对话与整个故事一样，全凭作者创造。创造的标准无非要表现人物的思想、情感、脾气、习惯等等，无非要使全篇的题旨显示得又具体又生动。如果随便写些不要不紧的可有可无的对话，那就不是小说的能手，那小说也决不是好小说。

文章千古事，得失寸心知

文章不是吃饱了饭没事做，写来作为消遣的。凡是好的文章必然有不得不写的缘故。把自己的经验和意思写下来作为个人生活的记录，或是向他人倾诉。不管是为自己，还是为他人，总之都不是笔墨的游戏。

文章的材料是经验和意思，文章的依据是语言。材料选得精当，话说得确切就是好文章。一个人要在社会里有意义地生活，必须要求经验和意思的精当，语言的确切周密。那并不为了写文章，为的是生活。生活犹如泉源，文章犹如溪流，泉源丰盈，溪流自然活泼地昼夜不息。

作文论

一　引言

　　人类是社会的动物，从天性上，从生活的实际上，有必要把自己的观察、经验、理想、情绪等等宣示给人们知道，而且希望愈广遍愈好。有的并不是为着实际的需要，而是对于人间的生活、关系、情感，或者一己的遭历、情思、想象等等，发生一种兴趣，同时仿佛感受一种压迫，非把这些表现成为一个完好的定形不可。根据这两个心理，我们就要说话、歌唱，做出种种动作，创造种种艺术；而效果最普遍、使用最利便的，要推写作。不论是愚者或文学家，不论是什么原料什么形式的文字，总之，都是由这两个心理才动手写作，才写作成篇的。当写作的时候，自然起一种希望，就是所写的恰正宣示了所要宣示的，或者所写的确然形成了一个完好的定形。谁能够教我们实现这种希望？只有我们自己，我们自己去思索关于作文的法度、技术等等问题，有所解悟，自然每逢写作，无不如愿了。

但是，我们不能只思索作文的法度、技术等等问题，而不去管文字的原料——思想、情感等等问题，因为我们作文，无非想着这原料是合理，是完好，才动手去作的。而这原料是否合理与完好，倘若不经考定，或竟是属于负面的也未可知，那就尽管在法度、技术上用功夫，也不过虚耗心力，并不能满足写作的初愿。因此，我们论到作文，就必须联带地论到原料的问题。思想构成的径路，情感凝集的训练，都是要讨究[1]的。讨究了这些，才能够得到确是属于正面的原料，不致枉费写作的劳力。

或许有人说："这样讲，把事情讲颠倒了。本来思想情感是目的，而作文是手段，现在因作文而去讨究思想、情感，岂不是把它们看作作文的手段了吗？"固然，思想、情感是目的，是全生活里的事情，但是，要有充实的生活，就要有合理与完好的思想、情感；而作文，就拿这些合理与完好的思想、情感来做原料。思想、情感的具体化完成了的时候，一篇文字实在也就已经完成了，余下的只是写下来与写得适当不适当的问题而已。我们知道有了优美的原料可以制成美好的器物，不曾见空恃技巧却造出好的器物来。所以必须探到根本，讨究思想、情感的事，我们这工作才得圆满。顺着自然的法则，应当是这么讨究的，不能说这是目的手段互相颠倒。

1　指研讨、探讨研究。

所以在这本小书里，想兼论"怎样获得完美的原料"与"怎样把原料写作成文字"这两个步骤。

　　这个工作不过是一种讨究而已，并不能揭示一种唯一的固定的范式，好像算学的公式那样。它只是探察怎样的道路是应当遵循的，怎样的道路是能够实现我们的希望的；道路也许有几多条，只要可以达到我们的目的地，我们一例认为有遵循的价值。

　　至于讨究的方法，不外本之于我们平时的经验。自己的，他人的，一样可以用来作根据。自己或他人曾经这样地作文而得到很好的成绩，又曾经那样地作文而失败了，这里边一定有种种的所以然。如能寻出一个所以然，我们就探见一条道路了。所以我们应当寻得些根据（生活里的情况与名作家的篇章一样地需要），作我们讨究的材料。还应当排除一切固执的成见与因袭的教训，运用我们的智慧，很公平地从这些材料里做讨究的功夫，以探见我们的道路。这样，纵使所得微少，不过一点一滴，而因为得诸自己，将永远是我们的财宝，终身用之而不竭；何况我们果能努力，所得未必仅止一点一滴呢？

　　凡事遇到需求，然后想法去应付，这是通常的自然的法则。准此，关于作文的讨究似应在有了写作需要之后，没有写作需要的人便不用讨究。但是我们决不肯这样迟钝，我们能够机警地应付。凡是生活里重要的事情，我们总喜欢一壁学习一壁应用，非特不嫌事多，而且务求精详。随时学，也随时用。各学科的成立以此；作文的所以成为一个题目，引起我们讨究的兴趣，并且鼓动我们练习的努力，也以此。何况"想要写作"真是个最易萌生的欲望，差不多同想吃想喝的欲望一样。今天尚未萌生的，说不定明天就会萌生；有些人早已萌生，蓬蓬勃勃地几乎不可遏止了；又有些人因为不可遏止，已经做了许多回写作这件事了。不论是事先的准备，或是当机的应付，或是过后的衡量，只要是希望满足写作的愿望的，都得去做一番作文的讨究的功夫。可以说这也是生活的一个基本条件。

再有一个应当预先解答的问题，就是"这里所讨究的到底指普通文言还是指文学而言？"这是一个很容易发生的疑问，又是一个不用提出的疑问。普通文与文学，骤然看来似乎是两件东西；而究实细按，则觉它们的界限很不清楚，不易判然划分。若论它们的原料，都是思想、情感。若论技术，普通文要把原料表达出来，而文学也要把原料表达出来。曾经有许多人给文学下过很细密很周详的界说[1]，但是这些条件未尝不是普通文所期望的。若就成功的程度来分说，"达意达得好，表情表得妙，便是文学。"则是批评者的眼光中才有这程度相差的两类东西。而作者固没有不想竭其所能，写作最满意的文字的；而成功的程度究竟怎样，则须待完篇以后的评衡，又从哪里去定出所作的是什么文而后讨究其作法？况且所谓好与妙又是含糊的，到什么程度才算得好与妙呢？所以说普通文与文学的界限是很不清楚的。

又有一派的意见，以为普通文指实用的而言。这样说来，从反面着想，文学是非实用的了。可是实用这个词能不能做划分的标

1　指对一种事物的本质特征或一个概念的内涵外延，给予确切、简要的说明。

准呢？在一般的见解，写作一篇文字，发抒一种情绪，描绘一种景物，往往称之为文学。然而这类文字，在作者可以留迹象，取快慰，在读者可以兴观感，供参考，何尝不是实用？至于议论事情、发表意见的文字，往往被认为应付实际的需用的。然而自古迄今，已有不少这类的文字被认为文学了。实用这个词又怎能做划分的标准呢？

既然普通文与文学的界限不易划分，从作者方面想，更没有划分的必要。所以这本小书，不复在标题上加什么限制，以示讨究的是凡关于作文的事情。不论想讨究普通文或文学的写作，都可以从这里得到一点益处，因为我们始终承认它们的划分是模糊的，泉源只是一个。

二 诚实的自己的话

我们试问自己，最爱说的是哪一类的话？这可以立刻回答，我们爱说必要说的与欢喜说的话。语言的发生本是为着要在人群中表白自我，或者要鸣出内心的感兴。顺着这两个倾向的，自然会不容自遏地高兴地说。如果既不是表白，又无关感兴，那就不必鼓动唇舌了。

作文与说话本是同一目的，只是所用的工具不同而已。所以在说话的经验里可以得到作文的启示。倘若没有什么想要表白，没有什么发生感兴，就不感到必要与欢喜，就不用写什么文字。一定要有所写才写。若不是为着必要与欢喜，而勉强去写，这就是一种无聊又无益的事。

勉强写作的事确然是有的，这或者由于作者的不自觉，或者由于别有利用的心思，并不根据所以要写作的心理的要求。有的人多读了几篇别人的文字，受别人的影响，似乎觉得颇欲有所写了；但是写下来的与别人的文字没有两样。有的人存着利用的心思，一定要写作一些文字，才得达某种目的；可是自己没有什么可写，不得不去采取人家的资料。像这样无意的与有意的强勉写作，犯了一个相同的弊病，就是模仿。这样说，无意而模仿的人固然要出来申辩，说他所写的确然出于必要与欢喜，而有意模仿的人或许也要不承认自己的模仿。但是，有一个尺度在这里，用它一衡量，模仿与否将不辩而自明，这个尺度就是"这文字里的表白与感兴是否确实是作者自己的？"拿这个尺度衡量，就可见前者与后者都只是复制了人家现成的东西，作者自己并不曾拿出什么来。不曾拿出什么来，模仿的讥评当然不能免了。至此，无意而模仿的人就会爽然自失[1]，感到这必要并非真的必要，欢喜其实无可欢喜，又何必定要写作呢？而有意模仿的人想到写作的本意，为葆爱这种工具起见，也将遏抑利用的心思。直到确实有了自己的表白与感兴才动手去写。

像那些著述的文字，是作者潜心研修，竭尽毕生精力，获得了一种见解，创成了一种艺术，然后写下来的，写的自然是自己的东西。但是人间的思想、情感往往不甚相悬；现在定要写出自己的东西，似乎他人既已说过的，就得避去不说，而要去找人家没有

1　指茫无主见，无所适从。

说过的来说。这样，在一般人岂不是可说的话很少么？其实写出自己的东西并不是这个意思；按诸实际，也决不能像这个样子。我们说话、作文，无非使用那些通用的言词；至于原料，也免不了古人与今人曾经这样那样运用过了的，虽然不能说决没有创新，而也不会全部是创新。但是，我们要说这席话，写这篇文，自有我们的内面[1]的根源，并不是完全被动地受了别人的影响，也不是想利用来达到某种不好的目的。这内面的根源就与著述家所获得的见解、所创成的艺术有同等的价值。它是独立的；即使表达出来恰巧与别人的雷同，或且有意地采用了别人的东西，都不应受到模仿的讥评；因为它自有独立性，正如两人面貌相似、性情相似，无碍彼此的独立，或如生物吸收了种种东西营养自己，却无碍自己的独立。所以我们只须自问有没有话要说，不用问这话是不是人家说过。果真确有要说的话，用以作文，就是写出自己的东西了。

更进一步说，人间的思想、情感诚然不甚相悬，但也决不会全然一致。先天的遗传，后天的教育，师友的熏染，时代的影响，都是酿成大同小异的原因。原因这么繁复，又是参伍错综地来的，这就形成了各人小异的思想、情感。那么，所写的东西只要是自己的，实在很难得遇到与人家雷同的情形。试看许多文家一样地吟咏风月，描绘山水，会有不相雷同而各极其妙的文字，就是很显明的例子。原来他们不去依傍别的，只把自己的心去对着风月山水；他们又绝对不肯勉强，必须有所写才写；主观的情绪与客观的景物

---

1 指内心。

揉和，组织的方式千变万殊，自然每有所作都成独创了。虽然他们所用的大部分也只是通用的言词，也只是古今人这样那样运用过了的，而这些文字的生命是由作者给与的，终竟是唯一的独创的东西。

讨究到这里，可以知道写出自己的东西是什么意义了。

既然要写出自己的东西，就会连带地要求所写的必须是美好的：假若有所表白，这当是有关人间事情的，则必须合于事理的真际[1]，切乎生活的实况；假若有所感兴，这当是不倾吐不舒快的，则必须本于内心的郁积，发乎情性的自然。这种要求可以称为"求诚"。试想假如只知写出自己的东西而不知求诚，将会有什么事情发生？那时候，臆断的表白与浮浅的感兴，因为无由检验，也将杂出于笔下而不自觉知。如其终于不觉知，徒然多了这番写作，得不到一点效果，已是很可怜悯的。如其随后觉知了，更将引起深深的悔恨，以为背于事理的见解怎能够表白于人间，贻人以谬误，浮荡无着的偶感怎值得表现为定形，耗己之劳思呢？人不愿陷于可怜的境地，也不愿事后有什么悔恨，所以对于自己所写的文字，总希望确是美好的。

虚伪、浮夸、玩戏[2]，都是与诚字正相反的。在有些人的文字里，却犯着虚伪、浮夸、玩戏的弊病。这个原因同前面所说的一样，有无意的，也有有意的。譬如论事，为才力所限，自以为竭尽智能，还是得不到真际。就此写下来，便成为虚伪或浮夸了。又譬如抒

---

1 指真切的道理，真实情况。
2 指开玩笑。

情，为素养所拘，自以为很有价值，但其实近于恶趣。就此写下来，便成为玩戏了。这所谓无意的，都因有所蒙蔽，遂犯了这些弊病。至于所谓有意的，当然也如上文所说的那样怀着利用的心思，借以达某种的目的。或者故意颠倒是非，希望淆惑人家的听闻，便趋于虚伪；或者诔墓[1]、献寿[2]，必须彰善颂美，便涉于浮夸；或者作书牟利，迎合人们的弱点，便流于玩戏。无论无意或有意犯着这些弊病，都是学行上的缺失，生活上的污点。假如他们能想一想是谁作文，作文应当是怎样的，便将汗流被面，无地自容，不愿再担负这种缺失与污点了。

我们从正面与反面看，便可知作文上的求诚实含着以下的意思：从原料讲，要是真实的、深厚的，不说那些不可征验、浮游无着的话；从写作讲，要是诚恳的、严肃的，不取那些油滑、轻薄、卑鄙的态度。

我们作文，要写出诚实的、自己的话。

三　源头

"要写出诚实的、自己的话"，空口念着是没用的，应该去寻到它的源头，有了源头才会不息地倾注出真实的水来。从上两章里，我们已经得到暗示，知道这源头很密迩[3]，很广大，不用外求，操持

1　指替人作墓志而揄扬过实的行为。

2　指献礼祝寿。

3　指贴近，靠近。

由己，就是我们的充实的生活。生活充实，才会表白出、发抒出真实的深厚的情思来。生活充实的涵义，应是阅历得广，明白得多，有发现的能力，有推断的方法，情性丰厚，兴趣饶富，内外合一，即知即行，等等。到这地步，会再说虚妄不诚的话么？我们欢喜读司马迁的文，认他是大文家，而他所以致此，全由于修业、游历以及伟大的志操。我们欢喜咏杜甫的诗，称他是大诗家，而他所以致此，全由于热烈的同情与高尚的人格。假若要找反面的例，要找一个生活空虚的真的文家，我们只好说无能了。

生活的充实是没有止境的，因为这并非如一个瓶罐，有一定的容量，而是可以无限地扩大，从不嫌其过大过充实的。若说要待充实到极度之后才得作文，则这个时期将永远不会来到。而写作的欲望却是时时会萌生的，难道悉数遏抑下去么？其实不然。我们既然有了这生活，就当求它充实（这是论理上的话，这里单举断案，不复论证）。在求充实的时候，也正就是生活着的时候，并不分一个先，一个后，一个是预备，一个是实施。从这一点可以推知只要是向着求充实的路的，同时也就不妨作文。作文原是生活的一部分呵。我们的生活充实到某程度，自然要说某种的话，也自然能说某种的话。譬如孩子，他熟识了人的眨眼，这回又看见星的妙美的闪耀，便高兴地喊道，"星在向我眨眼了"。他运用他的观察力、想象力，使生活向着求充实的路，这时候自然要倾吐这么一句话，而倾吐出来的又恰好表达了他的想象与欢喜。大文家写出他每一篇名作，也无非是这样的情形。

所以我们只须自问，我们的生活是不是在向着求充实的路上？

如其是的，那就可以绝无顾虑，待写作的欲望兴起时，便大胆地、自信地写作。因为欲望的兴起这么自然，原料的来源这么真切，更不用有什么顾虑了。我们最当自戒的就是生活沦没在虚空之中，内心与外界很少发生关系，或者染着不正当的习惯，却要强不知以为知，不能说、不该说而偏要说。这譬如一个干涸的源头，那里会倾注出真实的水来？假若不知避开，唯有陷入模仿、虚伪、浮夸、玩戏的弊病里罢了。

要使生活向着求充实的路，有两个致力的目标，就是训练思想与培养情感。从实际讲，这二者也是互相联涉，分割不开的。现在为论列的便利，姑且分开来。看它们的性质，本应是一本叫作《做人论》里的章节。但是，因为作文是生活的一部分，所以它们也正是作文的源头，不妨在这里简略地讨究一下。

请先论训练思想。杜威一派的见解以为："思想的起点是实际上的困难，因为要解决这种困难，所以要思想；思想的结果，疑难解决了，实际上的活动照常进行；有了这一番思想作用，经验更丰富一些，以后应付疑难境地的本领就更增长一些。思想起于应用，终于运用；思想是运用从前的经验来帮助现在的生活，更预备将来的生活。"这样的思想当然会使生活的充实性无限地扩大开来。它的进行顺序是这样："（一）疑难的境地；（二）指定疑难之点究竟在什么地方；（三）假定种种解决疑难的方法；（四）把每种假定所涵的结果一一想出来，看那一个假定能够解决这个困难；（五）证实这种解决使人信用[1]，或证明这种解决的谬误，使人不信用。"在这

1　指相信和采用。

个顺序里，这第三步的"假设"是最重要的，没有它就得不到什么新东西。而第四、第五步则是给它加上评判和证验，使它真能成为生活里的新东西。所以训练思想的涵义，"是要使人有真切的经验来作假设的来源；使人有批评、判断种种假设的能力；使人能造出方法来证明假设的是非真假"。

至此，就得归根到"多所经验"上边去。所谓经验，不只是零零碎碎地承受种种见闻接触的外物，而是认清楚它们，看出它们之间的关系，使成为我们所有的东西。不论愚者和智者，一样在生活着，所以各有各的自得的经验。各人的经验有深浅广狭的不同。所谓愚者，只有很浅很狭的一部分，仅足维持他们的勉强的生活，除此以外就没有什么了。这个原因当然在少所接触；而接触的多少不在乎外物的来不来，乃在乎主观的有意与无意；无意应接外物，接触也就少了。所以我们要经验丰富，应该有意地应接外物，常常持一种观察的态度。这样，将见环绕于四周的外物非常多，都足以供我们认识、思索，增加我们的财富。我们运用着观察力，明白它们外面的状况以及内面的情形，我们的经验就无限地扩大开来。譬如对于一个人，如其不加观察，摩肩相值，瞬即东西，彼此就不相关涉了。如其一加观察，至少这个人的面貌、姿态在意念中留下一个印象。若进一步与他结识，更可以认识他的性情、品格。这些决不是无益的事，而适足以使我们获得关于人的种种经验，于我们持躬论人都有用处。所以随时随地留意观察，是扩充经验的不二法门。由多所观察，方能达到多所经验。经验愈丰富，则思想进行时假设的来源愈广，批评、判断种种假设的能力愈强，造出方法以证明假设的是非真假也愈有把握。

假如我们作文是从这样的源头而来的，便能表达事物的真际，宣示切实的意思，而且所表达、所宣示的也就是所信从、所实行的，所以内外同致，知行合一。写出诚实的话不是做到了么？

其次，论培养情感。遇悲喜而生情，触佳景而兴感，本来是人人所同的。这差不多是莫能自解的，当情感兴起的时候，浑然地只有这个情这个感，没有功夫再去剖析或说明。待这时候已过，才能回转去想。于是觉得先前的时候悲哀极了或者喜悦极了，或者欣赏了美的东西了。情感与经验有密切的关系。它能引起种种机会，使我们留意观察，设法试证，以获得经验；它又在前面诱导着，使我们勇往直进，全心倾注，去享用经验。它给我们极大的恩惠，使我们这世界各部互相关联而且固结不解地组织起来；使我们深入生活的核心，不再去计较那些为什么而生活的问题。它是粘力，也是热力。我们所以要希求充实的生活，而充实的生活的所以可贵，浅明地说，也就只为我们有情感。

情感的强弱周偏各人不同。有些人对于某一小部分的事物则倾致他们的情感，对其它事物则不然。更有些人对于什么都淡漠，不从这方面倾致，也不从那方面倾致，只是消极地对待，觉得什么东西总辨不出滋味，一切都是无边空虚，世界是各不相关联的一堆死物，生活是无可奈何的消遣。所以致此的原因，在于与生活的核心向来不曾接近过，永久是离开得远远；而所以离开，又在于不多观察，少具经验，缺乏切实的思想能力。（因此，在前面说思想情感是"互相联涉，分割不开的"，原来是这么如环无端，迭为因果的呵。）于此可见我们如不要陷入这一路，就得从经验、思想上着手。有了真切的经验、思想，必将引起真切的情感；成功则喜悦，失败则痛惜，不特限于一己，对于他人也会兴起深厚的同情。而这喜悦之情的享受与痛惜之后的奋发，都足以使生活愈益充实。人是生来就怀着情感的核的，果能好好培养，自会抽芽舒叶，开出茂美的花，结得丰实的果。生活永远涵濡[1]于情感之中，就觉这生活永远是充实的。

现在回转去论到作文。假如我们的情感是在那里培养着的，则凡有所写，都属真情实感；不是要表现于人前，便是吐其所不得不吐。写出诚实的话不是做到了么？

我们要记着，作文这件事离不开生活，生活充实到什么程度，才会做成什么文字。所以论到根本，除了不间断地向着充实的路走去，更没有可靠的预备方法。走在这条路上，再加写作的法度、技术等等，就能完成作文这件事了。

必须寻到源头，方有清甘的水喝。

四　组织

我们平时有这么一种经验：有时觉得神思忽来，情意满腔，自以为这是值得写而且欢喜写的材料了。于是匆匆落笔，希望享受成功的喜悦。孰知成篇以后，却觉这篇文字并不就是我所要写的材料，

1　指沉浸，滋润。

先前的材料要胜过这成篇的文字百倍呢。因此爽然自失，感到失败的苦闷。刘勰说："方其搦翰，气倍辞前；暨乎篇成，半折心始。何则？意翻空而易奇，言征实而难巧也。"他真能说出这种经验以及它的来由。从他的话来看，可知所以致此，一在材料不尽结实，一在表达未得其道。而前者更重于后者。表达不得当，还可以重行修改；材料空浮，那就根本上不成立了。所以虽然说，如其生活在向着求充实的路上，就可以绝无顾虑，待写作的欲望兴起时，便大胆地、自信地写作，但不得不细心地、周妥[1]地下一番组织功夫。既经组织，假如这材料确是空浮的，便立刻会觉察出来，因而自愿把写作的欲望打消了。假如并非空浮，只是不很结实，那就可以靠着组织的功能，补充它的缺陷。拿什么来补充呢？这唯有回到源头去，仍旧从生活里寻找，仍旧从思想、情感上着手。

有人说，文字既然源于生活，则写出的时候只需顺着思想、情感之自然就是了。又说组织，岂非多事？这已在前面解答了，材料空浮与否，结实与否，不经组织，将无从知晓，这是一层。更有一层，就是思想、情感之自然未必即与文字的组织相同。我们内蓄情思，往往于一刹那间感其全体；而文字必须一字一句连续而下，仿佛一条线索，直到终篇才会显示出全体。又，蓄于中的情思往往有累复、凌乱等等情形；而形诸文字，必须不多不少、有条有理才行。因此，当写作之初，不得不把材料具体化，使成为可以独立而且可以照样拿出来的一件完美的东西。而组织的功夫就是

---

1 指妥当，稳妥。

要达到这种企图。这样才能使写出来的正就是所要写的；不致被"翻空"的意思所引诱，徒然因"半折心始"而兴叹。

所以组织是写作的第一步功夫。经了这一步，材料方是实在的，可以写下来，不仅是笼统地觉得可以写下来。经过组织的材料就譬如建筑的图样，依着兴筑，没有不成恰如图样所示的屋宇的。

组织到怎样才算完成呢？我们可以设一个譬喻，要把材料组成一个圆球，才算到了完成的地步。圆球这东西最是美满，浑凝调和，周遍一致，恰是一篇独立的、有生命的文字的象征。圆球有一个中心，各部分都向中心环拱着。而各部分又必密合无间，不容更动，方得成为圆球。一篇文字的各部分也应环拱于中心（这是指所要写出的总旨，如对于一件事情的论断，蕴蓄于中而非吐不可的情感之类），为着中心而存在。而且各部分应有最适当的定位列次，以期成为一篇圆满的文字。

至此，我们可以知道组织的着手方法了。为要使各部分环拱于中心，就得致力于剪裁。为要使各部分密合妥适，就得致力于排次。把所有的材料逐部审查，而以是否与总旨一致为标准，这时候自然知所去取，于是检定一致的、必要的，去掉不一致的、不切用的，或者还补充上遗漏的、不容少的，这就是剪裁的功夫。经过剪裁的材料方是可以确信的需用的材料。然后把材料排次起来，而以是否合于论理上的顺序为尺度，这时候自然有所觉知。于是让某部居开端，某部居末梢，某部与某部衔接；而某部与某部之间如共有复叠或罅隙，也会发现出来，并且知道应当怎样去修补。到这地步，材料的具体化已经完成了；它不特是成熟于内面的，而且是可以照样宣示于外面的了。

一篇文字的所以独立，不得与别篇合并，也不得剖分为数篇，只因它有一个总旨，它是一件圆满的东西，据此以推，则篇中的每一段虽是全篇的一部分，也必定自有它的总旨与圆满的结构，所以不能合并，不能剖分，而为独立的一段。要希望一段果真达到这样子，当然也得下一番组织的功夫，就一段内加以剪裁与排次。逐段经过组织，逐段充分健全，于是有充分健全的整篇了。

若再缩小范围，每节的对于一段，每句的对于一节，也无非是这样的情形。唯恐不能尽量表示所要写出的总旨，所以篇、段、节、句都逐一留意组织。到每句的组织就绪，作文的事情也就完毕了。因此可以说，由既具材料到写作成篇，只是一串组织的功夫。

要实行这种办法，最好先把材料的各部分列举出来，加以剪裁，更为之排次，制定一个全篇的纲要。然后依着写作，同时再注意于每节每句的组织。这样才是有计画有把握的作文；别的且不讲，至少可免"暨乎篇成，半折心始"的弊病。

或以为大作家写作，可无须组织，纯任机缘，便成妙文。其实不然。大作家技术纯熟，能在意念中组织，甚且能不自觉地组织，所谓"腹稿"，所谓"宿构"，便是，而决非不须组织。作文的必须组织，正同作事的必须筹画一样。

五　文体

写作文字，因所写的材料与要写作的标准不同，就有体制的问题。文字的体制，自来有许多分类的方法。现存的最古的总集要推萧统的《文选》，这部书的分类杂乱而琐碎，不足为据。近代完善的总集要数姚鼐的《古文辞类纂》，分文字为十三类。这十三类或以文字写列的地位来立类，或以作者与读者的关系来立类，或又以文字的特别形式来立类，标准纷杂，也不能使我们满意。

分类有三端必须注意的：一要包举，二要对等，三要正确。包举是要所分各类能够包含该事物的全部分，没有遗漏；对等是要所分各类的性质上彼此平等，决不能以此涵彼；正确是要所分各类有互排性，决不能彼此含混。其次须知道要把文字分类，当从作者方面着想，就是看作者所写的材料与要写作的标的是什么，讨究作文，尤其应当如此。我们知道论辨文是说出作者的见解，而序跋文也无非说出作者对于某书的见解，则二者不必判分了。又知道颂赞文是倾致作者的情感，而哀祭文也无非倾致作者对于死者的情感，则二者可以合并了。我们要找到几个本质上的因素，才可确切地定下文字的类别。

要实现上面这企图，可分文字为叙述、议论、抒情三类。这三类所写的材料不同，要写作的标的不同，既可包举一切的文字，又复彼此平等，不相含混，所以可认为本质上的因素。叙述文的材料是客观的事物（有的虽也出自虚构，如陶潜的《桃花源记》之类，但篇中人、物、事实所处的地位实与实有的客观的无异），写作的标的在于传达。议论文的材料是作者的见解，写作的标的在于表示。抒情文的材料是作者的情感，写作的标的在于发抒。

要指定某文属某类，须从它的总旨看。若从一篇的各部分看，则又往往见得一篇而兼具数类的性质，在叙述文里，常有记录人家的言谈的，有时这部分就是议论。在议论文里，常有列举事实作例证的，这等部分就是叙述。在抒情文里，因情感不可无所附丽[1]，常要借述说或推断以达情，这就含有叙述成议论的因素了。像这样参伍错综的情形是常例，一篇纯粹是叙述、议论或抒情的却很少。但只要看全篇的总旨，它的属类立刻可以确定。虽然所记录的人家的言谈是议论，而作者只欲传述这番议论，所以是叙述文。虽然列举许多事实是叙述，而作者却欲借此表示他的见解，所以是议论文。虽然述说事物、推断义理是叙述与议论，而作者却欲因以发抒他的情感，所以是抒情文。

文字既分为上述的三类，从写作方面讲，当然分为叙述、议论、抒情三事。这些留在以后的几篇里去讨究，在这里先论这三事相互间的关系。

第一，叙述是议论的基本，议论是从叙述进一步的功夫。因为议论的全部的历程就是思想的历程，必须有根据，才能产生假设，并且证明假设；所根据的又必须是客观的真实，方属可靠。而叙述的任务就在说出客观的真实。所以议论某项事物，须先有叙述所根据的材料的能力；换一句说，就是对于所根据的材料认识得正确清楚；即使不必把全部写入篇中，而意念中总须能够全部叙述。不然，对于所根据的材料尚且弄不明白，怎能议论呢? 不能议论而勉强要议论，所得的见解不是沙滩上的建筑么? 写作文字，本

1　指附着，依附。

乎内面的欲求，有些时候，叙述了一些事物就满足了，固不必再发什么议论。但发议论必须有充分的叙述能力做基本。叙述与议论原来有这样的关系。

第二，叙述、议论二事与抒情，性质上有所不同。叙述或议论一事，意在说出这是这样子或者这应当是这样子。看这类文字的人只要求知道这是这样子或者这应当是这样子。一方面说出，一方面知道，都站在自己的静定的立足点上。这样的性质偏于理知。至于抒情，固然也是说出这是这样子或者这应当是这样子，但里面有作者心理上的感受与变动做灵魂。看这类文字的人便不自主地心理上起一种共鸣作用，也有与作者同样的感受与变动。一方面兴感，一方面被感，都足使自己与所谓这是这样子或者这应当是这样子融合为一。这样的性质偏于情感。若问抒情何以必须借径于叙述、议论而不径直发抒呢？这从心理之自然着想，就可以解答了。我们决没有虚悬无着的情感；事物凑合，境心相应，同时就觉有深浓的情感凝集拢来。所以抒情只须把事物凑合，境心相应的情况说出来。这虽然一样是叙述、议论的事，但已渗入了作者的情感，抒情化了。若说径直发抒，这样就是径直发抒。否则只有去采用那些情感的词语，如哀愁、欢乐之类。就是写上一大串，又怎样发抒出什么呢？

六 叙述

供给叙述的材料是客观的事物，上章既已说过了。所谓客观的事物包含得很广，凡物件的外形与内容，地方的形势与风景，个人的状貌与性情，事件的原委与因果，总之离开作者而依然存在的，都可以纳入。在这些里面，可以分为外显的与内涵的两部：如外形、形势、状貌等，都是显然可见的；而内容的品德、风景的佳胜、性情的情状、原委因果的关系等都是潜藏于内面的，并不能一望而知。

要叙述事物，必须先认识它们，了知它们。这唯有下功夫去观察。观察的目标在得其真际，就是要观察所得的恰与事物的本身一样。所以当排除一切成见与偏蔽，平心静气地与事物接触。对于事物的外显的部分固然视而可见，察而可知，并不要多大的能耐，对于内涵的部分也要认识得清楚，了知得明白，就不很容易了。必须审查周遍，致力精密，方得如愿以偿。其中尤以观察个人的性情与事件的原委、因果为最难。

个人的性情，其实就是这个人与别人的不同处；即非大不相同，也应是微异处。粗略地观察，好像人类性情是共通的，尤其在同一时代同一社会的人是这样。但再进一步，将见人与人只相类似而决非共通。因为类似，定有不同之点。不论是大不同或者微异，这就形成各人特有的个性。非常人如此，平常人也如此。所以要观察个人的性情，宜从他与别人不同的个性着手。找到他的个性，然后对于他的思想言动都能举约御繁，得到相当的了解。

简单的事件，一切经过都在我们目前，这与外显的材料不甚相差，尚不难观察。复杂的事件经过悠久的时间，中间包含许多的人，他们分做或合做了许多的动作，这样就成为一组的事，互相牵涉，不可分割。要从这里边观察，寻出正确的原委、因果，岂非难事？但是凡有事件必占着空间与时间。而且凡同一时间所发生的事件，空间必不相同；同一空间所发生的事件，时间必不相同。能够整理空间时间的关系，原委、因果自然会显露出来了。所以要观察复杂的事件，宜从空间时间的关系入手。

我们既做了观察的功夫，客观的事物就为我们所认识、所了知了，如实地写录下来，便是叙述。也有一类叙述的文字是出于作者的想象的，这似乎与叙述必先观察的话不相应了。其实不然。想象不过把许多次数、许多方面观察所得的融和为一，团成一件新的事物罢了。假若不以观察所得的为依据，也就无从起想象作用。所以虚构的叙述也非先之以观察不可。

我们平时所观察的事物是很繁多的。要叙述出来，不可不规定一个范围。至若尚待临时去观察的，尤须划出范围，致力方能精审。划范围的标准就是要写作的总旨：要记下这件东西的全部，便以这件东西的全部为范围；要传述这人所作的某事，便以某事为范围；这是极自然的事，然而也是极重要的事。范围规定之后，才能下组织的功夫，剪裁与排次才有把握。凡是不在这范围以内的，就是不必叙述的，若偶有杂入，便当除去。而在范围以内的，就是必须叙述的，若尚有遗漏，便当补充。至于怎样排次才使这范围以内的事物完满叙出，也可因以决定。假如不先规定范围，材料杂乱，漫无中心，决不能写成一篇完整的文字。犯这样弊病的并不是没有，其故在忘记了要写作的总旨。只须记着总旨，没有不能规定所写材料的范围的。

假若规定以某事物的全部为范围而加以叙述，则可用系统的分类方法。把主从轻重先弄明白，再将主要部分逐一分门立类，使统率其余的材料。这样叙述，有条有理，细大不遗，就满足了我们的初愿了。使我们起全部叙述的意念的材料，它的性质往往是静定的，没有什么变化；它的范围又出于本然，只待我们认定，不待我们界划。静定而不变化，则观察可以纤屑无遗；范围自成整个，则观察可以不生混淆。既如此，应用系统的分类叙述，自然能够胜任愉快了。

有些时候，虽然也规定以某事物的全部为范围，而不能逐一遍举；则可把它分类，每类提出要领以概其余。只要分类正确，所提出的要领决然可以概括其余的材料。这样，虽不遍举，亦叙述了全部了。

更有些时候，并不要把事物的全部精密地叙述出来，只须有一个大略（但要确实是全部的大略），则可用鸟瞰的眼光把各部分的位置以及相互的关系弄清楚，然后叙述。只要瞻瞩[1]得普遍，提挈得得当，自能得一个全部的影子。

至于性质多变化，范围很广漠的材料，假如也要把全部分纤屑不遗、提纲挈领地叙述下来，就有点不可能了。然而事实上也决不会起这种意念；如欲叙述一个人，决不想把他每天每刻的思想言动叙下来；叙述一件事，决不想把它时时刻刻的微细经过叙下来；很自然地，只要划出一部分来做叙述的范围，也就满足了。范

---

1 指观看，注视。

围既已划定，就认这部分是中心，必须使它十分圆满。至若其余部分，或者带叙以见关系，或者以其不需要而不加叙述。这是侧重的方法。大部分的叙述文都是用这个方法写成的。这正如画家的一幅画，只能就材料丰富、顷刻迁变的大自然中，因自己的欢喜与选择，描出其中一部分的某一时令间的印象。虽说"只能"，但是在画家也满足了。

以上所述，叙述的范围始终只是一个。所以作者的观点也只须一个；或站在旁侧，或升临高处，或精密地观察局部，或大略地观察全体，不须移动，只把从这观点所见的叙述出来就是了。但是有时候我们想叙述一事物的几方面或几时期，那就不能只划定一个范围，须得依着方面或时期划定几个范围。于是我们的观点就跟着移动，必须站在某一个适宜的观点上，才能叙述出某一范围的材料而无遗憾。这犹如要画长江沿途的景物，非移舟前进不可；又如看活动电影，非跟着戏剧的进行，一幕一幕看下去不可。像这样的，可称为复杂的叙述文，分开来就是几篇。但是并不把它们分开，仍旧合为一篇，那是因为它们彼此之间有承接，有影响，而环拱于一个中心之故。

叙述的排次，最常用的是依着自然的次序；如分类观察，自会列出第一类第二类来，集注观察，自会觉着第一层第二层来，依着这些层次叙述，就把作者所认识、了知的事物保留下来了。但也有为了注重起见，并不依着自然的次序的。这就是把最重要的一类或一层排次在先，本应在先的却留在后面补叙。如此，往往增加文字的力量，足以引起读者的注意。但既已颠乱了自然的次序，就非把前后关系接榫[1]处明白且有力地叙出不可，否则成为求工反拙了。

七 议论

议论的总旨在于表示作者的见解。所谓见解，包括对于事物的主张或评论，以及驳斥别人的主张而申述自己的主张。凡欲达到这些标的，必须自己有一个判断，或说"这是这样的"，或说"这不是那样的"。既有一个判断，它就充当了中心，种种的企图才得有所着力。所以如其没有判断，也就无所谓见解，也就没有议论这回事了。

议论一件事物只能有一个判断。这里所谓一个，是指浑凝美满，像我们前此取为譬喻的圆球而言。在一回议论里固然不妨有好几个判断，但它们总是彼此一致、互相密接的；团结起来，就成为一个圆球似的总判断。因此，它们都是总判断的一部分，各各为着总判断而存在。如其说有两个或两个以上的判断，一定有些部分与这个总判断不相关涉，或竟互相矛盾；彼此团结不成一个圆球，所以须另外分立。不相关涉的，何必要它？互相矛盾的，又何能要它？势必完全割弃，方可免枝蔓、含糊的弊病。因而议论一件事物只有而且只能有一个判断了。

议论的路径就是思想的路径。因为议论之先定有实际上待解

决的问题，这就是所谓疑难的境地。而判断就是既已证定的假设。这样，岂不是在同一路径上么？不过思想的结果应用于独自的生活时，所以得到这结果的依据与路径不一定用得到。议论的判断，不论以口或以笔表示于外面时，那就不是这样了。一说到表示，就含有对人的意思，而且目的在使人相信。假若光是给人一个判断，人便将说，"判断不会突如其来的，你这个判断何所依据呢？为什么不可以那样而必须这样呢？"这就与相信差得远了。所以发议论的人于表示判断之外，更须担当一种责任：先把这些地方交代明白，不待人发生疑问。换一句说，就是要说出所以得到这判断的依据与路径来。譬如判断是目的地，这一种工作就是说明所走的道路。人家依着道路走，末了果真到了目的地，便见得这确是自然必至的事，疑问无从发生，当然唯有相信了。

议论里所用的依据当然和前面所说思想的依据一样，须是真切的经验，所以无非由观察而得的了知与推断所得的假设。论其性质，或者是事实，或者是事理。非把事实的内部外部剖析得清楚，认识得明白，事理的因果含蕴推阐得正确，审核得得当，就算不得真切的经验，不配做议论的依据。所以前边说过，"叙述是议论的基本"，这就是议论须先有观察功夫的意思。在这里又可以知道这一议论的依据有时就是别一议论（或是不发表出来的思想）的结果，所以随时须好好地议论（或者思想）。

所用的依据既然真切了，还必须使他人也信为真切，才可以供议论的应用。世间的事物，人己共喻的固然很多，用来做依据，自不必多所称论。但也有这事实是他人所不曾观察、没有了知的，这事理是他人所不及注意、未经信从的，假若用作依据，不加称论，就不是指示道路、叫人依着走的办法了。这必得叙述明白，使这事实也为他人所了知；论证如式，使这事理也为他人所信从。这样，所用的依据经过他人的承认，彼此就譬如在一条路上了。依着走去，自然到了目的地。

至于得到判断的路径，其实只是参伍错综使用归纳演绎两个方法而已。什么是归纳的方法？就是审查许多的事实、事理，比较、分析，求得它们的共通之点。于是综合成为通则，这通则就可以包含且解释这些事实或事理。什么是演绎的方法？就是从已知的事实、事理，推及其它的事实、事理。因此所想得的往往是所已知的属类，先已含在所已知之中。关于这些的讨论，有论理学担任。现在单说明议论时得到判断的路径，怎样参伍错综使用这两个方法。假如所用的一个依据是人己共喻的，判断早已含在里边，则只须走一条最简单的路径，应用演绎法就行了。假如依据的是多数的事实事理，得到判断的路径就不这么简单了。要从这些里边定出假设，预备作为判断，就得用归纳的方法。要用事例来证明，使这假设成为确实的判断，就得用演绎的方法。有时，多数的依据尚须从更多数的事实、事理里归纳出来。于是须应用两重的归纳、再跟上演绎的方法，方才算走完了应走的路径。这不是颇极参伍错综之致么？

在这里有一事应得说及，就是议论不很适用譬喻来做依据。通常的意思，似乎依据与譬喻可以相通的。其实不然，它们的性质不同，须得划分清楚。依据是从本质上供给我们以意思的，我们有了这意思，应用归纳或演绎的方法，便得到判断。只须这依据确是真实的，向他人表示，他人自会感觉循此路径达此目的地是自然必至的事，没有什么怀疑。至若譬喻，不过与判断的某一部分的情状略相类似而已，彼此的本质是没有关涉的；明白一点说，无论应用归纳法或演绎法，决不能从譬喻里得到判断。所以议论用譬喻来得出判断，即使这判断极真确，极有用，严格地讲，只能称为偶合的武断，而算不得判断；因为它没有依据，所用的依据是假的。用了假的依据，何能使人家信从呢? 又何能自知必真确、必有用呢? 我们要知譬喻本是一种修词[1]的方法（后边要讨究到），用作议论的依据，是不配的。

现在归结前边的意思，就是依据、推论、判断这三者是议论的精魂。这三者明白切实，有可征验，才是确当的议论。把这三者都表示于人，次第井然，才是能够使人相信的议论。但是更有一些事情应得在这部分以前先给人家：第一，要提示所以要有这番议论的原由，说出实际上的疑难与解决的需要。这才使人家觉得这是值得讨究的问题，很高兴地要听我们下个怎样的判断。第二，要划定议论的范围，说关于某部分是议论所及的；同时也可以撇开以外一切的部分，说那些是不在议论的范围以内的。这才使人家认定了议论的趋向，很公平地听我们对于这趋向所下的判断。第三，要把预想中应有的敌论列举出来，随即加以评驳，以示这些都不足以摇动现在这个判断。这才使人家对于我们的判断固定

1　现作"修辞"。

地相信（在辩论中，这就成为主要的一部分，否则决不会针锋相对）。固然，每一回议论都先说这几件事是不必的，但适当的需要的时候就得完全述说；而先说其中的一事来做发端，几乎是议论文的通例。这本来也是环拱于中心——判断——的部分，所以我们常要用到它来使我们的文字成为浑圆的球体。

还要把议论的态度讨究一下。原来说话、作文都以求诚为归，而议论又专务发见事实、事理的真际，则议论的目标只在求诚，自是当然的事。但是我们如为成见所缚，意气所拘，就会变改议论的态度；虽自以为还准对着求诚，实则已经移易方向了。要完全没有成见是很难的；经验的缺乏，熏染的影响，时代与地域的关系，都足使我们具有成见。至于意气，也难消除净尽；事物当前，利害所关，不能不生好恶之心，这好恶之心譬如有色的眼镜，从此看事物，就不同本来的颜色。我们固然要自己修养，使成见意气离开我们，不致做议论的障碍；一方面更当抱定一种议论的态度，逢到议论总是这样，庶几¹有切实的把握，可以离开成见与意气。

凡议论夹着成见、意气而得不到恰当的判断的，大半由于没有真个认清议论的范围；如论汉字的存废问题，不以使用上的便利与否为范围，而说汉字是中国立国的精华，废汉字就等于废中国，这就是起先没有认清范围，致使成见、意气乘隙而至。所以议论的最当保持的态度，就是认清范围，就事论事，不牵涉到枝节上去。认清范围并不是艰难的功课，一加省察，立刻觉知；如省察文字

1　或许；也许可以，表示推测。

本是一种工具，便会觉知讨论它的存废，自当以使用上的便利与否为范围。觉知之后，成见、意气更何从掺入呢？

又议论是希望人家信从的，人家愿意信从真实确当的判断，尤愿意信从这判断是恳切诚挚地表达出来的，所以议论宜取积极的诚恳的态度。这与前面所说是一贯的，既能就事论事，就决然积极而诚恳，至少不会有轻薄、骄傲、怒骂等等态度。至于轻薄、骄傲、怒骂等等态度的不适于议论，正同不适于平常的生活一样，在这里也不必说明了。

八　抒情

抒情就是抒发作者的情感。我们心有所感，总要抒发出来，这是很自然的。小孩子的啼哭，可以说是"原始的"抒情了。小孩子并没有想到把他的不快告诉母亲，只是才一感到，就啼哭起来了。我们作抒情的文字，有时候很像小孩子这样自然倾吐胸中的情感，不一定要告诉人家。所谓"不得其平则鸣"，平是指情感的波澜绝不兴起的时候。只要略微不平，略微兴起一点波澜，就自然会鸣了。从前有许多好诗，署着"无名氏"而被保留下来的，它们的作者何尝一定要告诉人家呢？也只因情动于中，不能自已，所以歌咏出来罢了。

但是，有时我们又别有一种希望，很想把所感的深浓郁抑的情感告诉人，取得人家的同情或安慰。原来人类是群性的，我有欢喜的情感，如得人家的同情，似乎这欢喜的量更见扩大开来；

我有悲哀的情感，如得人家的同情，似乎这悲哀不是徒然的孤独的了：这些都足以引起一种快适之感。至于求得安慰，那是怀着深哀至痛的人所切望的。无论如何哀痛，如有一个人，只要一个人，能够了解这种哀痛，而且说，"世界虽然不睬你，但是有我在呢；我了解你这哀痛，你也足以自慰了"。这时候，就如见着一线光明，感着一缕暖气，而哀痛转淡了。有许多抒情文字就为着希望取得人家的同情或安慰而写作的。

前面说过，抒情无非是叙述、议论，但里面有作者心理上的感受与变动做灵魂。换一句说，就是于叙述、议论上边加上一重情感的色彩，使它们成为一种抒情的工具。其色彩的属于何种则由情感而定；情感譬如彩光的灯，而叙述、议论是被照的一切。既是被照，虽然质料没有变更，而外貌或许要有所改易。如同一的材料，当叙述它时，应该精密地、完整地写的，而用作抒情的工具，只须有一个粗略的印象已足够了；当议论它时，应该列陈依据、指示论法的，而用作抒情的工具，只须有一个判断已足够了。这等情形在抒情文字里是常有的。怎样选择取舍，实在很难说明；只要情感有蕴蓄，自会有适宜的措置，正如彩光的灯照耀时，自会很适宜地显出改易了外貌的被照的一切一样。

抒情的工作实在是把境界、事物、思想、推断等等，凡是用得到的、足以表出这一种情感的，一一抽出来，融合混合，依情感的波澜的起伏，组成一件新的东西。可见这是一种创造。但从又一方面讲，工具必取之于客观，组织又合于人类心情之自然，可见这不尽是创造，也含着摹写的意味。王国维说："自然中之物互相关系，互相限制。然其写之于文字及美术中也，必遗其关系、限制之处。故虽写实家亦理想家也。又虽如何虚构之境，其材料必求之于自然，而其构造亦必从自然之法则。故虽理想家亦写实家也。"他虽然不是讲抒情的情形，但如其把"自然"一词作广义讲，兼包人的心情在内，则这几句话正好比喻抒情的情形。

从读者方面说，因为抒情文字含着摹写的意味，性质是普遍的，所以能够明白了解；又因它是以作者的情感为灵魂而创造出来的，所以会觉着感动。所谓感动，与听着叙述而了知、听着议论而相信有所不同，乃是不待审度、思想，而恍若身受，竟忘其为作者的情感的意思。人间的情感本是相类似的，这人以为喜乐或哀苦的，那人也以为喜乐或哀苦。作者把自己的情感加上一番融凝烹炼的功夫，很纯粹地拿出来，自然会使人忘却人己之分，同自己感到的一样地感受得深切。这个感动可以说是抒情文的特性。

抒情以什么为适当的限度呢？这不比叙述，有客观的事物可据，又不比议论，有论理的法则可准。各人的情感有广狭、深浅、方向的不同，千差万殊，难定程限，唯有反求诸己，以自己的满足为限度；抒写到某地步，自己觉得所有的情感倾吐出来了，这就是最适当的限度。而要想给人家读的，尤当恰好写到这限度而止。如或不及，便是晦昧，不完全，人家将不能感受其整体；如或太过，便是累赘，不显明，人家也不会感受得深切。

抒情的方法可以分为两种：如一样是哀感，痛哭流涕、摧伤无极地写出来也可以，微歔默叹、别有凄心地写出来也可以；一样是愉快，欢呼狂叫、手舞足蹈地写出来也可以，别有会心、淡淡着笔地写出来也可以。一种是强烈的，紧张的；一种是清淡的，弛缓的。紧张的抒写往往直抒所感，不复节制，想到什么就说什么，毫不隐匿，也不改易。这只要内蕴的情感真而且深，自会写成很好的文字。它对人家具有一种近乎压迫似的力量，使人家不得不感动。弛缓的抒写则不然，往往涵蕴的情感很多很深，而从事于敛抑凝集，不给它全部拿出来，只写出似乎平常的一部分。其实呢，这一部分正就摄取了全情感的精魂。这样的东西，对读者的力量是暗示的而不是压迫的。读者读着，受着暗示，同时能动地动起情感来，于是感到作者所有的一切了。所以也可以说，这是留下若干部分使人家自己去想的抒写方法。

刘勰论胜篇秀句："并思合而自逢，非研虑之所求也。或有晦塞为深，虽奥非隐；雕削取巧，虽美非秀矣。"我们可以借这话来说明抒情文怎么才得好。所谓"思合而自逢"，乃是中有至情，必欲宣发，这时候自会觉得应当怎样去抒写；或是一泻无余地写出来，或是敛抑凝集地写出来，都由所感的本身而定；并不是一种后加的做作功夫。这样，才成为胜篇秀句。至于"晦塞为深""雕削取巧"则是自己的情感不深厚，或竟是没有什么情感，而要借助于做作功夫。但是既无精魂，又怎么能得佳胜，感动人家呢？于此可知唯情感深厚，抒情文才得好；如其不从根本上求，却去做雕矿藻饰的功夫，只是徒劳而已。

取浑然的情感表现于文字，要使恰相密合，人家能览此而感彼，差不多全是修词的效力。

九　描写

描写一事，于叙述、抒情最有关系，这二者大部分是描写的功夫；即在议论，关于论调的风格、趣味等等，也是描写的事；所以在这一章里讨究描写。

描写的目的是把作者所知所感密合地活跃地保存于文字中。同时对于读者就发生一种功效，就是读者得以真切了知作者所知，如实感受作者所感，没有误会、晦昧等等缺憾。

我们对于一切事物，自山水之具象以至人心之微妙，时相接触，从此有所觉知，有所感动，都因为有一个印象进入我们的心。既然如此，要密合而且活跃地描写出来，唯有把握住这一个印象来描写。描写这个印象，只有一种最适当的说法，正如照相机摄取景物，镜头只有一个最适当的焦点一样；除了这一种说法，旁的说法就差一点了。所以找到这一种最适当的说法，是描写应当努力的。

先论描写当前可见的境界。当前可见的境界给予我们一个什么印象呢? 不是像一幅画图的样子么? 画家要把它描写出来，就得相定位置，审视隐现，依光线的明暗、空气的稀密，使用各种彩色，适当地涂在画幅上。如今要用文字来描写它，也得采用绘画的方法，凡是画家所经心的那些条件，也得一样地经心。我们的彩色就只是文字；而文字组合得适当，选用得恰好，也能把位置、隐现等等都描写出来，保存个完美的印象。

史传里边叙述的是以前时代的境界。如小说里叙述的是出于虚构的境界，都不是当前可见的。但是描写起来也以作者曾有的印象为蓝本。作者把曾有的印象割裂或并合，以就所写的题材，那是有的，而决不能完全脱离印象。完全脱离了便成空虚无物，更从哪里去描写呢？

以上是说以静观境界，也以静写境界。也有些时候，我们对于某种境界起了某种情感，所得的印象就不单是一幅画图了，这画图中还掺和着我们的情感分子。假如也只像平常绘画这样写出来，那就不能把捉住这个印象。必须融和别一种彩色在原用的彩色里（这就是说把情感融入描写用的文字），才能把它适当地表现出来。

次论描写人物。人有个性，各各不同，我们得自人物的印象也各各不同。就显然的说，男女、老幼、智愚等等各有特殊的印象给我们；就是同是男或女，同是老或幼，同是智或愚，也会给我们特殊的印象。描写人物，假若只就人的共通之点来写，则只能保存人的类型，不能表现出某一个人。要表现出某一个人，须抓住他给予我们的特殊印象。如容貌、风度、服饰等等，是显然可见的。可同描写境界一样，用绘画的方法来描写。至于内面的性情、理解等等，本是拿不出本体来的，也就不会直接给我们什么印象。必须有所寄托，方才显出来，方才使我们感知。而某一个人的性情、理解等等往往寄托于他的动作和谈话。所以要描写内面，就得着力于这二者。

在这里论描写而说到动作，这动作不是指一个人做的某一件事。在一件事里，固然大可以看出一个人的内面，但保存一件事在文字里是叙述的事情。这里的动作单指人身的活动，如举手、投足、坐、卧、哭、啼之类而言。这些活动都根于内面的活动，所以不可轻易放过，要把它们仔细描写出来。只要抓得住这人的特殊的动态，就把这人的内面也抓住了。

描写动作，要知道这人有这样的动作时所占的空间与时间。如其当前描写，空间与时间都是明白可知的，那还不十分重要。但是作文里的人物往往不能够当前描写，如历史与小说中的人物，怎么能够当前描写呢？这就非注意空间与时间不可了。关于空间，我们可于意想中划定一处地方，这个地方的方向、设置都要认清楚；譬如布置一个舞台，预备演剧者在上面活动。然后描写主人翁的动作。他若是坐，就有明确的向背；他若是走，就有清楚的踪迹。这还是就最浅的讲呢。总之，唯能先划定一个空间，方使所描写的主人翁的动作一一都有着落，内面的活动一一与外面的境界相应。关于时间，我们可于意想中先认定一个季节、一个时刻，犹如编作剧本，注明这幕戏发生于什么时候一样。然后描写主人翁的动作。一个动作占了若干时间，一总的动作是怎样的次第，就都可以有个把握。这才合乎自然，所描写的确实表现了被描写的。

在这里论到的谈话，不是指整篇的谈话，是指语调、语气等等而言。在这些地方正可以表现出各人的内面，所以我们不肯放过，要仔细描写出来。这当儿最要留意的：我们不要用自己谈话的样法来写，要用文中主人翁谈话的样法来写，使他说自己的话，不蒙着作者的色彩。就是描写不是当前的人物，也当想象出他的样法，让他说自己的话。在对话中，尤其用得到这一种经心。果能想象得精，把捉得住，往往在两三语中就把人物的内面活跃地传

状 [1] 出来了。

至于议论文，那就纯是我们自己说话了。所以又只当用自己的样法来写，正同描写他人一样。

以上是分论描写境界和人物。而在一些叙述文里，特别是在多数的抒情文里，境界与人物往往是分不开的。境界是人物的背景；人物是境界的摄影者，一切都从他的摄取而显现出来。于是描写就得双方兼顾。这大概有两种趋向：一是境界与人物互相调和的，如清明的月夜，写情人的欢爱；苦雨的黄昏，写寄客的离绪。这就见得彼此成个有机的结合，情与境都栩栩有生气。一是境界与人物不相调和的，如狂欢的盛会，中有感愤的独客；肮脏的社会，却有卓拔 [2] 的佳士。这就见得彼此绝然相反，而人物的性格却反衬得十分明显。这二者原没有优劣之别，我们可就题材之自然，决定从哪一种趋向。描写对应当注意的范围却扩大了；除却人物的个性以外，如自然界的星、月、风、云、气候、光线、声音、动物、植物、人为的建筑、器物等等，都要出力地描写，才得表现出这个调和或不调和来。

末了，我们要记着把握住印象是描写的根本要义。恰当地把握得住，具体地诉说得出，描写的能事已尽了。从反面看，就可知不求之于自己的印象，却从别人的描写法里学习描写，是间接的、寡效的办法。如其这么做，充其量也不过成了一件复制品。而自己

1　指传记行状。
2　指代卓越超群。

的印象仿佛一个无尽的泉源，时时会有新鲜的描写流出来。

十　修词

现在要讨究造句用词了。我们所有的情思化成一句句话，从表现的效力讲，从使人家明了且感动的程度讲，就有强弱、适当不适当的差异。有的时候，写作的人并不加什么经心，纯任自然，直觉地感知当怎么写便怎么写，却果真写到刚合恰好的地步。但是有的时候，也可特意地经心去发现更强、更适当的造句用词的方法。不论是出于不自觉的或是出于特意的，凡是使一句句的话达到刚合恰好的地步，我们都称为修词的功夫。

修词的功夫所担负的就是要一句话不只是写下来就算，还要成为表达这意思的最适合的一句话。如是说明的话，要使它最显豁；如是指象的话，要使它最妙肖；意在激刺，则使它具有最强的刺激力；意在描摹，则使它含着最好的生动态；……因为要达到这些目的，往往把平常的说法改了，别用一种变格的说法。

变格的说法有一种叫取譬。拿别一件事物来譬喻所说的事物，拿别一种动态来譬喻所说的动态，就是取譬。因为有时我们所说及的事物是不大容易指示的，所说及的动态是不能直接描绘的，所以只有用别的、不同的事物和动态来譬喻。从此就可以悟出取譬的条件：所取譬的虽然与所说的不同，但从某一方面看，它们定须有极相似处，否则失却譬喻的功用，这是一。所取譬的定须比所说的明显而具体，这才合于取譬的初愿，否则设譬而转入晦昧，只是无益的徒劳而已，这是二。凡能合于这两个条件的就是适合的好譬喻。

怎么能找到这等适合的好譬喻呢？这全恃作者的想象力；而想象力又不是凭空而至的，全恃平时的观察与体味而来。平时名为精密的观察、深入的体味，自会见到两件不同的事物的极相似处、两种不同的动态的可会通处，而且以彼视此，则较为明显而具体。于是找到适合的好譬喻了。

有的时候，我们触事接物，仿佛觉得那些没有知觉、情感的东西都是有知觉、情感的。有的时候，我们描写境界，又觉得环绕我们的境界都被着我们的情感的色彩。有的时候，我们描写人物，同时又给所写的境界被上人物的情感的色彩。这些也都来源于想象力；说出具体的话，写成征实的文句，就改变了平常的法则。从事描写，所谓以境写人、以境写情等等，就在能够适当地使用这类的语句。

更有一种来源于想象的修词法，可以叫作夸饰，就是言过其实，涉于夸大。这要在作者的意中先存着"差不多这样子"的想象；而把它写下来，又会使文字更具刺激和感动的力量，才适宜用这个方法。尤当注意的，一方面要使读者受到它的刺激和感动，一方面又要使读者明知其并非真实。唯其如此，所以与求诚不相违背，而是修词上可用的方法。

变格的说法有时是从联想来的。因了这一件，联想到那一件，便不照这一件本来的说，却拿联想到的那一件来说，这是常有的事。但从修词的观点讲，也得有条件才行。条件无非同前边取譬、夸饰一样，要更明显，更具体，更有刺激和感动的力量，才可以用。唯其得自作者真实的联想，又合于增加效力的条件，就与所谓隶事、砌典不同。因为前者出于自然，后者出于强饰。出于强饰的隶事、砌典并非修词，只是敷衍说话而已。王国维论作词用代字，说"其所以然者，非意不足，则语不妙也"。又说，"果以是为工，则古今类书具在，又安用词为耶？"最是痛切的议论。

要在语句的语气、神情中间达出作者特殊的心情、感觉，往往改变了平常的说法，这也是修词。如待读者自己去寻思，则出于含蓄，语若此而意更深；不欲直接地陈说，则出于纤婉，语似淡而意却挚；意在讽刺，则出以反语、舛辞；情感强烈，则出以感叹、叠语。这些都并非出于后添的做作，而是作者认理真确，含情恳切，对于这等处所，都会自然地写出个最适合的说法。

看了上面一些意思，可以知道从事修词，有两点必须注意。一点是求之于己；因为想象、联想、语句的语气、神情等等，都是我们自己的事情。又一点是估定效力；假若用了这种修词而并不见得达到刚合恰好的地步，那就宁可不用。现成的修词方法很多，在所有的文篇里都含蓄着；但是我们不该采来就用，因为它们是别人的。求之于己，我们就会铸出许多新鲜的为我们所独有的修词方法；有时求索的结果也许与别人的一样，我们运用它，却与贸然采用他人者异致。更因出于自己，又经了估计，所以也不致有陈腐、不切等等弊病。

和教师谈写作

一　想清楚然后写

想清楚然后写，这是个好习惯。养成了这个好习惯，写出东西来，人家能充分了解我的意思，自己也满意。

谁都可以问一问自己，平时写东西是不是想清楚然后写的？要是回答说不，那么写不好东西的原因之一就在这里了（当然还有种种原因）。往后就得自己努力，养成这个好习惯。

不想就写，那是没有的事。没想清楚就写，却是常有的事。自以为想清楚了，其实没想清楚，也是常有的事。

没想清楚也能写，那时候情形怎么样呢？边写边想，边想边写。这样地想，本该是动笔以前的事，现在却就拿来写在纸上了。假如动笔以前这样地想，还得有所增删，有所调整，然后动笔，现在却已经成篇了。

这样写下来的东西，假如把它看作草稿，再加上增删和调整的功夫才算数，也未尝不可。事实上确也有些人肯把草稿看过一两遍，多少改动几处的。但是有两点很难避免。既然写下来了，这就是已成之局，而一般心理往往迁就已成之局，懒得作太大的改动，因此，专靠事后改动，很可能不及事先通盘考虑的好，这是一点。东西写成了，需要紧迫，得立刻拿出去，连稍微改动一下也等不及，这是又一点。有这两点，东西虽然写成，可是自己看看也不满意，至于能不能叫人家充分了解我的意思，那就更难说了。

这样说来，自然应该事先通盘考虑，就是说，应该想清楚然后写。

什么叫想清楚呢？为什么要写，该怎样写，哪些必要写，哪些用不着写，哪些写在前，哪些写在后，是不是还有什么缺漏，从读者方面着想是不是够明白了……诸如此类的问题都有了确切的解答，这才叫想清楚。

要写东西，诸如此类的问题都是非解答不可的。与其在写下草稿之后解答，不如在动笔以前解答。"凡事豫则立"，不是吗？

想清楚其实并不难，只要抓住关键，那就是为什么要写。如果写信，为什么要写这封信？如果写报告，为什么要写这篇报告？如果写总结，为什么要写这篇总结？此外可以类推。

如果不为什么，干脆不用写。既然有写的必要，就不会不知道为什么。这个为什么好比是个根，抓住这个根想开来，不以有点儿朦胧的印象为满足，前边提到的那些问题都可以得到解答。这样地想，是思想方法上的过程，也是写作方法上的过程。写作方法跟思想方法原来是二而一的。

怕的是以有点儿朦胧的印象为满足。前边说的自以为想清楚了，其实没想清楚，就指的这种情形。

教学生练习作文，要他们先写提纲，就是要他们想清楚后写，不要随便一想就算，以有点儿朦胧的印象为满足。先写提纲的习惯养成了，一辈子受用不尽，而且受用不仅在写作方面。我们自己写东西，当然也要先想清楚，写下提纲，然后按照提纲顺次地写。提纲即使不写在纸上，也得先写在心头，那就是所谓腹稿。叫腹稿，岂不是已经成篇，不再是什么提纲了吗？不错，详细的提纲就跟成篇的东西相差不远。提纲越详细，也就是想得越清楚，写成整篇越容易，只要把扼要的一句化为充畅的几句，在需要接榫的地方适当地接上榫头就是了。

这样写下来的东西，还不能说保证可靠，得仔细看几遍，加上斟酌推敲的功夫。但是，由于已成之局的"局"基础好，大体上总不会错到哪里去。如果需要改动，也是把它改得更好些，更妥当些，而不是原稿简直要不得。

这样写下来的东西，基本上达到了要写这篇东西的目的，作者自己总不会感到太不满意。人家看了这样写下来的东西，也会了解得一清二楚，不发生误会，不觉得含糊。

想清楚然后写，朋友们如果没有这个习惯，不妨试一试，看效果怎样。

二 修改是怎么一回事

写完了一篇东西，看几遍，修改修改，然后算数，这是好习惯。工作认真的人，写东西写得比较好的人，大都有这种好习惯。语文老师训练学生作文，也要在这一点上注意，教学生在实践中养成这种好习惯。

修改究竟是怎么一回事呢？

从表面看，自然是检查写下来的文字，看有没有不妥当的地方，如果有，就把它改妥当。但是文字是语言的记录，语言妥当，文字不会不妥当，因此，需要检查的，其实是语言。

怎样的语言才妥当，怎样的语言就不妥当呢？这要看有没有充分地确切地表达出所要表达的意思（也可以叫思想），表达得又充分又确切了，就是妥当，否则就是不妥当，需要改。这样寻根究底地一想，就可见需要检查的，其实是意思；检查过后，认为不妥当需要修改的，其实是意思。

这本来是自然的道理，可是很有些人不领会。常听见有人说："这篇东西基本上不错，文字上还得好好修改。"好像文字和意思是两回事，竟可以修改文字而不变更意思似的。实际上哪有这样的事？凡是修改，都由于意思需要修改，一经修改就变更了原来的意思。

譬如原稿上几层意思是这样排列的，检查过后，发觉这样排列不妥当，须得调动一下，作那样排列，这不是变更了原来的意思的安排吗？

譬如原稿上有这一层意思，没有那一层意思，检查过后，发觉这一层意思用不着，应该删去，那一层意思非有不可，必须补上，这不是增减了原来的意思的内容吗？增减内容就是变更意思。

譬如原稿上用的这个词，这样的句式，这样的接榫，检查过后，发觉这个词不贴切，应该用那个词，这样的句式和这样的接榫不顺当，应该改成那样的句式和那样的接榫，这不是变更了原来的词句吗？词句需要变更，不为别的，只为意思需要变更。前边说的不贴切和不顺当，都是指意思说的。你觉得用"发动"这个词不好，要改"推动"，你觉得某地方要加个"的"字，某地方要去个"了"字，那是根据意思决定的。

说到这儿，似乎可以得到这样的理解：修改必然会变更原来的意思，不过变更有大小的不同；大的变更关涉到全局，小的变更仅限于枝节，也就是一词一句。修改是就原稿再仔细考虑。全局和枝节全都考虑到，目的在尽可能做到充分地确切地表达出所要表达的意思。实际情形不是这样吗？

这样的理解很关重要。有了这样的理解，对修改就不肯草率从事。把这样的理解贯彻在实践中，才真能养成修改的好习惯。

三　把稿子念几遍

写完一篇东西，念几遍，对修改大有好处。

报社杂志社往往接到一些投稿，附有作者的信，信里说稿子写完之后没心思再看，现在寄给编辑同志，请编辑同志给看一看，改一改吧。我要老实不客气地说，这样的态度是要不得的。写完之后没心思再看，这表示对稿子不负责任。请编辑同志给看一看，改一改，这表示把责任推到编辑同志身上。编辑同志为什么非代你担负这个责任不可呢?

我们应该有个共同的理解，修改肯定是作者分内的事。

有人说，修改似乎没有止境，改了一遍两遍，还可以改第三遍第四遍，究竟改到怎样才算完事呢? 我想，改到自己认为无可再改，那就算尽了责任了。也许水平高的人看了还可以再改，但是我没有他那样的水平，一时要达到他的水平是勉强不来的。

修改稿子不要光是"看"，要"念"。就是把全篇稿子放到口头说说看。也可以不出声念，只在心中默默地说。一路念下去，疏忽的地方自然会发现。下一句跟上一句不接气啊，后一段跟前一段连得不紧密啊，词跟词的配合照应不对头啊，句子的成分多点儿或者少点儿啊，诸如此类的毛病都可以发现。同时也很容易发现该怎样说才接气[1]，才紧密，才对头，才不多不少，而这些发现正就是修改的办法。

曾经问过好些人，有没有把稿子念几遍的习惯，有没有依据念的结果修改稿子的习惯。有人说有，有人说没有。我就劝没有这种习惯的人不妨试试看。他们试了，其中有些人后来对我说，这个方法有效验，不管出声不出声，念下去觉得不顺当，顿住了，那就是需要修改的地方，再念几遍，修改的办法也就来了。

---

1 连贯，多指文章的内容。

这是很容易理解的。念下去顺当，就因为语言流畅妥贴，而语言流畅妥贴，也就是意思的流畅妥贴。反过去，念下去不顺当，必然是语言有这样那样的疙瘩，而语言的任何疙瘩，也就是意思上的疙瘩。写东西表达意思，本来跟说一番话情形相同，所不同的仅仅在于说话用嘴，写东西用笔。因此，用念的办法——也就是用说话的办法来检验写成的稿子，最为方便而且有效。

古来文章家爱谈文气，有种种说法，似乎很玄妙。依我想，所谓文气的最实际的意义无非念下去顺当，语言流畅妥贴。念不来的文章必然别扭，就无所谓文气。现在我们不谈文气，但是我们训练学生说话作文，特别注重语言的连贯性，个个词要顺当，句句话要顺当，由此做到通体顺当。这跟古人谈文气其实相仿。语言的连贯性怎样，放到口头去说，最容易辨别出来。修改的时候"念"稿子大有好处，理由就在这里。

四 平时的积累

写任何门类的东西，写得好不好，妥当不妥当，当然决定于构思、动笔、修改那一连串的功夫。但是再往根上想，就知道那一连串的功夫之前还有许多功夫，所起的决定作用更大。那许多功夫都是在平时做的，并不是为写东西作准备的，一到写东西的时候却成了极关重要的基础。基础结实，构思、动笔、修改总不至于太差，基础薄弱，构思、动笔、修改就没有着落，成绩怎样就难说了。

写一篇东西乃至一部大著作虽然是一段时间的事，但是大部分是平时积累的表现。平时的积累怎样，写作时候的努力怎样，两项相加，决定写成的东西怎样。

　　现在谈谈平时的积累。

　　举个例子，写东西需要谈到某些草木鸟兽的形态和生活，或者某些人物的状貌和习性，是依据平时的观察和认识来写呢，还是现买现卖，临时去观察和认识来写呢？回答大概是这样：多半依据平时的观察和认识，现买现卖的情形有时也有，但是光靠临时的观察和认识总不够。因为临时的观察认识不会怎么周到和真切。达到周到和真切要靠日积月累。日积月累并不为写东西，咱们本来就需要懂得某些草木鸟兽，熟悉某些人物的。而写东西需要谈到那些草木鸟兽那些人物，那日积月累的成绩就正好用上了。一般情形不是这样吗？

　　无论写什么东西，立场观点总得正确，思想方法总得对头。要不然，写下来的决不会是有意义的东西。正确的立场观点是从斗争实践中得来的。立场观点正确，思想方法就容易对头。这不是写东西那时候的事，而是整个生活里的事，是平时的事。平时不错，写东西错不到哪儿去，平时有问题，写东西不会没有问题。立场观点要正确，思想方法要对头，并不为写东西，咱们在社会主义社会里做公民本来应当这样。就写东西而言，唯有平时正确和对头，写东西才会正确和对头。平时正确和对头也就是平时的积累。

　　写东西就得运用语言。语言运用得好不好，在于得到的语言知识确切不确切，在于能不能把语言知识化为习惯，经常实践。譬如一个词或者一句成语吧，要确切地知道它的意义而不是望文生义，还要确切地知道它在哪样的场合才适用，在哪样的场合就不适用，知道了还要用过好些回，回回都得当，才算真正掌握了那个词或者那句成语。这一批词或者成语掌握了，还有其他的词或者成语没掌握。何况语言知识的范围很广，并不限于词或者成语方面。要在语言知识的各方面都有相当把握，显然不是一朝一夕的事，非日积月累不可。积累得多了，写东西才能运用自如。平时的积累并不是为了此时此刻要写某一篇东西，而是由于咱们随时要跟别人互通情意，语言这个工具本来就必须掌握好。此时此刻写某一篇东西，语言运用得得当，必然由于平时的积累好。

写东西靠平时的积累，不但著作家、文学家是这样，练习作文的小学生也是这样。小学生今天作某一篇文，其实就是综合地表现他今天以前的知识、思想、语言等等方面的积累。咱们不是著作家、文学家，也不是小学生，咱们为了种种需要，经常写些东西，情形当然也是这样。为要写东西而注意平时的积累，那是本末倒置。但是知识、思想、语言等等方面本来需要积累，不写东西也需要积累，而所有的积累正是写东西的极重要的基础。

五　写东西有所为

写东西，全都有所为。如果无所为，就不会有写东西这回事。

有所为有好的一面，有不好的一面。咱们自然该向好的一面努力，对于不好的一面，就得提高警惕，引以为戒。

譬如写总结，是有所为，为的是指出过去工作的经验教训和今后工作的正确途径，借此推进今后的工作，提高今后的工作。譬如写文艺作品，诗歌也好，小说故事也好，戏剧曲艺也好，都是有所为，为的是通过形象把一些值得表现的人和事表现出来，不仅使人家知道而已，还能使人家受到感染，不知不觉中增添了前进的活力。要说下去还可以说许多。

就前边所举的来看，这些东西就是值得写的。从前有些文章家号召"文非有益于世不作"。现在咱们也应该号召"文非有益于世不作"，当然，咱们的"益"和"世"跟前人说的不同。

所为的对头了，跟上去的就是尽可能写好。还用前边所举的例子来说，写成的总结的确有推进工作提高工作的作用，写成的文艺作品的确有感染人的力量，就叫写好。有所为里头本来包含这个要求，就是写好。如果不用力写好，或者用了力而写不好，那就是徒然怀着有所为的愿望，结果却变成无所为了。

从前号召"文非有益于世不作"的文章家看不起两类文章，一类是八股文，一类是"谀墓之文"。这两类文章他们也作，但是他们始终表示看不起。作这两类文章为的是什么呢？为要应科举考试，取得功名利禄，就必须作八股文。为要取得些润笔（就是稿费），或者要跟人家拉拢一下，就不免作些"谀墓之文"。

八股文什么样儿，比较年轻的朋友大概没见过。这儿也不必详细说明。八股文的题目有一定的范围，该怎样说也有一定的范围，写法有一定的程式。总之，要你像模像样说一番话，实际上可不要你说一句自己的真切的话。换句话说，就是要你像模像样说一番空话，说得好就可以考上，取得功名利禄。从前统治者利用八股文来笼络人，用心的坏在此，八股精神的要不得也在此。现在不写八股文了，可是有"党八股"，有"洋八股"，这并非指八股文的体裁而言，而是指八股精神而言。凡是空话连篇，不联系实际，不解决问题，虽然不是八股文而继承着八股精神的，就管它叫"八股"。

"谀墓之文"指墓志铭、墓碑、传记之类。一个人死了，子孙要他不朽，就请人作这类文章。作文章的人知道那批子孙的目的要求，又收下了润笔，或者还有种种社会关系，就把一个无聊透顶的人写成足为典范的正人君子。这类文章有个共同的特点，满纸是假话。假话不限于"谀墓之文"，总之假话是要不得的。

从前的文章家看不起八股文和"谀墓之文"，就是不赞成说空话假话，这是很值得赞许的。但是他们为了应试，为了润笔，还不免要写他们所看不起的文章，这样的有所为，为的无非"名利"二字，那就大可批评了。现在咱们写东西要有益于社会之世，咱们的有所为，为的唯此一点。如果自己检查，所为的还有其他，如"名利"之类，那就必须立即把它抛弃。唯有这样严格地要求自己，才能永远不说空话假话，写下来的东西才能多少有益于社会之世。

六　准确、鲜明、生动

写东西全都有所为，要把所为的列举出来，那是举不尽的。归总来说，所为的有两项，一项是有什么要通知别人，一项是有什么要影响别人。假如什么也没有，就不会有写东西这回事。假如有了什么而不想通知别人或者影响别人，也不会有写东西这回事。写日记和读书笔记跟别人无关，算是例外，不过也可以这样说，那是为了通知将来的自己。

通知别人，就是把我所知道的告诉别人，让别人也知道。影响别人，就是把我所相信的告诉别人，让别人受到感染，发生信心，引起行动。无论是要通知别人还是要影响别人，只要咱们肯定写些什么总要有益于社会之世，就可以推知所写的必须是真话、实话，不能是假话、空话。假话、空话对别人毫无好处，怎么可以拿来通知别人呢？假话、空话对别人发生坏影响，那更糟了，怎么可以给别人坏影响呢？这样想，自然会坚决地作出判断，非写真话、实话不可。

真话、实话不仅要求心里怎样想就怎样说，怎样写。譬如不切合实际的认识，不解决问题的论断，这样那样的糊涂思想，我心里的确是这样想的，就照样说出来或者写下来，这是真话、实话吗？不是。真话、实话还要求有个客观的标准，就是准确性。无论心里怎样想，必须所想的是具有准确性的，照样说出来或者写下来才是真话、实话。不准确，怎么会"真"和"实"呢？"真"和"实"是注定跟准确连在一起的。

立场和观点正确的，一步一步推断下来像算式那样的，切合事物的实际的，足以解决问题的，诸如此类的话就是具有准确性的，就是名实相符的真话、实话。

准确性这个标准极重要。发言吐语，著书立说，都需要用这个标准来衡量。具有准确性的话才是真话、实话，才值得拿来通知别人，才可以拿来影响别人。

除了必须具有准确性而外，还要努力做到所写的东西具有鲜明性和生动性。

鲜明性的反面是晦涩，含糊。生动的反面是呆板，滞钝。要求鲜明性和生动性，就是要求不晦涩，不含糊，不呆板，不滞钝。这好像只是修辞方面的事，其实跟思想认识有关联。总因为思想认识有欠深入处，欠透彻处，表达出来才会晦涩，含糊。总因为思想认识还不能像活水那样自然流动，表达出来才会呆板，滞钝。这样说来，鲜明性、生动性跟准确性分不开。所写的东西如果具有充分的准确性，也就具有鲜明性、生动性了。具有鲜明性、生动性，可是准确性很差，那样的情形是不能想象的。在准确性之外还要提出鲜明性和生动性，为的是给充分的准确性提供保证。

再就通知别人或者影响别人着想。如果写得晦涩，含糊，别人就不能完全了解我的意思，甚至会把我的意思了解错。如果写得呆板，滞钝，别人读下去只觉得厌倦，不发生兴趣，那就说不上受到感染，发生信心，引起行动。这就可见要达到通知别人或者影响别人的目的，鲜明性和生动性也是必要的。

七　写什么

许多教师都想动动笔，写些东西，这是非常好的事情，能经常写些东西，大有好处。

写东西是怎么一回事呢？无非把所见所闻所思所感想一想，想清楚了，构成个有条有理的形式，用书面语言固定下来。那些东西在脑子里的时候往往是朦胧的，不完整的。要是不准备把它写下来，朦胧地、不完整地想过一通也就算了，过些时也许就忘了。那些东西如果是无关紧要的，随便想过一通就算，也没有什么。如果是比较有意义的，对人家或者对自己有用处的，那就非常可惜，为什么不想一想，把它想清楚呢？即使不准备写下来，也可以多想几遍，构成个有条有理的形式，储藏在记忆里。但是写下来是个很有效的办法，叫你非想清楚不可。对于任何东西，不肯随便想过一通就算，非想清楚不可，这是大有价值的习惯，好处说不尽。因此，谁都应该通过经常写些东西的办法，养成这种习惯。

写什么呢？在今天，可写的东西太多了。几乎可以说，环绕着咱们的全是可写的东西，咱们所感知所领会所亲自参加的全是可写的东西。试想，思想解放，敢想敢做，领导和群众交互影响，精神面貌和实际工作的变化发展越来越快，不是值得写吗？各地普遍地兴修水利，改进耕种，创制工具，举办工业，情况各式各样，精神殊途同归，不是值得写吗？什么工程兴建了，什么矿厂投入生产了，什么地方发现丰富的矿藏了，什么地方找到极有用的野生植物了，不是值得写吗？教师最切近的是学校，就学校说，勤工俭学，教学改进，教师自己思想的不断改造，学生认识上和实践上的深刻变化，不是值得写吗？

这儿提到的这些已经不少了，可是值得写的还不止这些。那么，究竟选哪些题目来写好呢？简单地说，自问了解得比较确切的，感受得比较深刻的，就是适于写的题目。自问了解得不怎么确切，感受得不怎么深刻，虽然是值得写的题目也不要勉强写。

经常写些东西，语文教师更有必要。语文教师要给学生讲解课文，要指导学生练习作文，要批改学生的作文，这些工作全都涉及文章的思想内容和表达方式。做好这些工作，平时要深入学习教育的方针和政策，努力钻研教学的原理和方法。如果经常能用心写些东西，这些工作将会做得更好。自己动手写，最能体会到写文章的甘苦。自己的真切体会跟语文教学结合起来，讲解就会更透彻，指导就会更切实，批改就会更恰当。常言道熟能生巧，经常写些东西，就是达到"熟"的一个重要法门。

八 挑能写的题目写

前一回我说值得写的题目很多，要挑了解得比较确切的，感受得比较深刻的来写。为什么这样说呢？

某个题目值得写是一回事，那个题目我能不能写又是一回事。不但要挑值得写的题目，还要问那个题目自己能不能写。题目既然值得写，自己又能写，写起来就错不到哪儿去。辨别能不能写，只要问自己对那个题目是否了解得比较确切，感受得比较深刻。

了解和感受还没到能写的程度，只为题目值得写就写，这样的事也往往有。那时候一动手立刻碰到困难，一枝笔好像干枯的泉源，渗不出一滴水来。

题目虽然值得写，作者了解得不怎么确切，感受得不怎么深刻，就没法写。没法写而硬要写，那不是练习写东西的好办法，得不到练习的好处。咱们要养成这么一种习惯，非了解得比较确切不写，非感受得比较深刻不写，这才练习一回有一回的长进。（这儿用"练习"这个词，不要以为小看了咱们自己。咱们要学生练习作文，咱们自己每一回动笔，其实也是练习的性质。谁敢说自己写东西已经达到神乎其技的地步，从整个内容到一词一句全都无懈可击呢？）

写东西总是准备给人家读的，所以非为读者着想不可。读者乐意读的正是咱们的了解和感受。道理很简单，他们读了咱们所写的东西，了解了咱们所了解的，感受了咱们所感受的，思想感情起了交流作用，经验范围从而扩大了，哪有不乐意的？咱们不妨站在读者的角度问一问自己：如果自己是读者，对自己正要写的那篇东西是不是乐意读？读了是不是有一些好处？如果是的，写起来更可以保证错不到哪儿去。

拿起笔来之前

写文章这件事，可以说难，也可以说不难。并不是游移不决说两面话，实情是这样。

难不难决定在动笔以前的准备功夫怎么样。准备功夫够了，要写就写，自然合拍，无所谓难。准备功夫一点儿也没有，或者有一点儿，可是太不到家了，拿起笔来样样都得从头做起，那当然很难了。

现在就说说准备功夫。

在实际生活里养成精密观察跟仔细认识的习惯，是一种准备功夫。不为写文章，这样的习惯本来也得养成。如果养成了，对于写文章太有用处了。你想，咱们常常写些记叙文章，讲到某些东西，叙述某些事情，不是全都依靠观察跟认识吗？人家说咱们的记叙文章写得好，又正确又周到。推究到根柢，不是因为观察跟认识好才写得好吗？

在实际生活里养成推理下判断都有条有理的习惯，又是一种准备功夫。不为写文章，这样的习惯本来也得养成。如果养成了，对于写文章太有用处了。你想，咱们常常写些论说文章，阐明某些道理，表示某些主张，不是全都依靠推理下判断吗？人家说咱们的论说文章写得好，好像一张算草，一个式子一个式子等下去，不由人不信服。推究到根柢，不是因为推理下判断好才写得好吗？

推广开来说，所有社会实践全都是写文章的准备功夫。为了写文章才有种种的社会实践，那当然是不通的说法。可是，没有社会实践，有什么可以写的呢？

还有一种准备功夫必得说一说，就是养成正确的语言习惯。语言本来应该求正确，并非为了写文章才求正确，不为写文章就可以不正确。而语言跟文章的关系又是非常密切的，即使说成"二而一"，大概也不算夸张。语言是有声无形的文章，文章是有形无声的语言：这样的看法不是大家可以同意吗？既然是这样，语言习惯正确了，写出来的文章必然错不到哪儿去；语言习惯不良，就凭那样的习惯来写文章，文章必然好不了。

什么叫作正确的语言习惯？可以这样说：说出来的正是想要说的，不走样，不违背语言的规律。做到这个地步，语言习惯就差不离了。所谓不走样，就是语言刚好跟心思一致。想心思本来非凭借语言不可，心思想停当了，同时语言也说妥当了，这就是一致。所谓不违背语言的规律，就是一切按照约定俗成的办。语言好比通货，通货不能各人发各人的，必须是大家公认的通货才有价值。以上这两层意思虽然分开说，实际上可是一贯的。想心思凭借的语言必然是约定俗成的语言，决不能是"只此一家"的语言。把心思说出来，必得用约定俗成的语言才能叫人家明白。就怕在学习语言的时候不大认真，自以为这样说合上了约定俗成的说法，不知道必须说成那样才合得上；往后又不加检查，一直误下去，得不到纠正。在这种情形之下，语言不一定跟心思一致了；还不免多少违背了语言的规律。这就叫作语言习惯不良。

从上一段话里，可以知道语言的规律不是什么深奥奇妙的东西；原来就是约定俗成的那些个说法，人人熟习，天天应用。一般人并不把什么语言的规律放在心上，他们只是随时运用语言，说出去人家听得明白，依据语言写文章，拿出去人家看得明白。所谓语言的规律，他们不知不觉地熟习了。不过，不知不觉的熟习不能保证一定可靠，有时候难免出错误。必须知其然又知其所以然，把握住规律，才可以巩固那些可靠的，纠正那些错误的，永远保持正确的语言习惯。学生要学语言规律的功课，不上学的人最好也学一点，就是这个道理。

现在来说说学一点语言的规律。不妨说得随便些，就说该怎样在这上头注点儿意吧。该注点儿意的有两个方面，一是语汇，二是语法。

人、手、吃、喝、轻、重、快、慢、虽然、但是、这样、那样……全都是语汇。语汇，在心里是意念的单位，在语言里是构成语句的单位。对于语汇，最要紧的自然是了解它的意义。一个语汇的意义，孤立地了解不如从运用那个语汇的许多例句中去了解来得明确。如果能取近似的语汇来作比较就更好。譬如"观察"跟"视察"，"效法"跟"效尤"，意义好像差不多；收集许多例句在手边（不一定要记录在纸上，想一想平时自己怎样说的，人家怎样说的，书上怎样写的，也是收集），分别归拢来看，那就不但了解每一个语汇的意义，连各个语汇运用的限度也清楚了。其次，应该清楚地了解两个语汇彼此能不能关联。这当然得就意义上看。由于意义的限制，某些语汇可以跟某些语汇关联，可是决不能跟另外的某些语汇关联。譬如"苹果"可以跟"吃""采""削"关联，可是跟"喝""穿""戴"无论如何联不起来，那是小孩也知道的。但是跟"目标"联得起来的语汇是"做到"还是"达到"，还是两个都成或者两个都不成，就连成人也不免踌躇。尤其在结构繁复的句子里，两个相关的语汇隔得相当远，照顾容易疏忽。那必须掌握语句的脉络，熟习语汇跟语汇意义上的搭配，才可以不出岔子。再其次，下一句话跟上一句话连接起来，当然全凭意义，有时候需用专司连接的语汇，有时候不需用。对于那些专司连接的语汇，得个个咬实，绝不乱用。提出假设，才来个"如果"。意义转折，才来个"可是"或者"然而"。准备说原因了，才来个"因为"。准备作结语了，才来个"所以"。还有，说"固然"，该怎样照应，说"不但"，该怎样配搭，诸如此类，都得明白。不能说那些个语汇经常用，用惯了，有什么稀罕；要知道唯有把握住规律，才能保证用一百次就一百次不错。

咱们说"吃饭""喝水"，不能说"饭吃""水喝"。意思是我佩服你，就得说"我佩服你"，不能说"你佩服我"；意思是你相信他，就得说"你相信他"，不能说"他相信你"。"吃饭""喝水"

合乎咱们语言的习惯；"我佩服你""你相信他"主宾分明，合乎咱们的本意：这就叫作合乎语法。语法是语句构造的方法。那方法不是由谁规定的，也无非是个约定俗成。对于语法要注点儿意，先得养成剖析句子的习惯。说一句话，必然有个对象，或者说"我"，或者说"北京"，或者说"中华人民共和国"，如果什么对象也没有，话也不用说了。对象以明白说出来的居多；有时因为前面已经说过，或者因为人家能够理会，就略去不说。无论说出来不说出来，要剖析，就必须认清楚说及的对象是什么。单说个对象还不成一句话，还必须对那个对象说些什么。说些什么，那当然千差万别，可是归纳起来只有两类。一类是说那对象怎样，可以举"中华人民共和国成立了"作例子，"成立了"就是说"中华人民共和国"怎样。又一类是说那对象是什么，可以举"北京是中华人民共和国的首都"作例子，"是中华人民共和国的首都"就是说"北京"是什么。在这两个例子中，哪个是对象的部分，哪个是怎样或者是什么的部分容易剖析，好像值不得说似的。但是咱们说话并不老说这么简单的句子，咱们还要说些个繁复的句子。就算是简单的句子吧，有时为了需要，对象的部分，怎样或者是什么的部分，也得说上许多东西才成，如果剖析不来，自己说就说不清楚，听人家说就听不清楚。至于繁复的句子，好像一个用许多套括弧的算式。你必须明白那个算题的全部意义才写得出那样的一个算式；你必须按照那许多套括弧的关系才算得出正确的答数。由于排版不方便，这儿不举什么例句，给加上许多套括弧，写成算式的模样了；只希望读者从算式的比喻理会到剖析繁复的句子十分重要。能够剖析句子，必须连带地知道其他一些道理。譬如，说及的对象一般在句子的前头，可是不一定在前头：这就是一个道理。在"昨晚上我去看老张"这句话里，说及的对象是"我"不是"昨晚上"，在前的"昨晚上"说明"去看"的时间。繁复的句子里往往包含几个分句，除开轻重均等的以外，重点都在后头：这又是一个道理。像"读书人家的子弟熟悉笔墨，木匠的儿子会玩斧凿，兵家儿早识刀枪"这句话，是三项均等的，无所谓轻重。像"我们不但善于破坏一个旧世界，我们还将善于建设一个新世界"。"宁可将可作小说的材料缩成速写，决不将速写材料拉成小说。""如果我们不学习群众的语言，我们就不能领导群众。""我们有很多同志，虽然天天处在农村中，甚至自以为了解农村，但是他们并没有了解农村。""即使人家不批评我们，我们也应该自己检讨。"（以上六句例句是从吕叔湘、朱德熙两位先生的《语法修辞讲话》里抄来的，见六月二十日的《人民日报》。）这几句话的重点都在后头，说前头的，就为加强后头的分量。如果径把重点说出，原来在前头的就不用说了。已经说了"我们将善于建设一个新世界"，底下还用说"我们善于破坏一个旧世界"吗？要说也连不上了。知道了以上那些道理，对于说话听话，对于写文章看文章，都是很有用处的。

开头说准备功夫，说到养成正确的语言习惯就说了这么一大串。往下文章快要结束了，回到准备功夫上去再说几句。

以上说的那些准备功夫全都是属于养成习惯的。习惯总得一点一点地养成。临时来一下，过后就扔了，那养不成习惯。而且临时来一下必然不能到家。平时心粗气浮，对于外界的事物，见如不见，闻如不闻，也就说不清所见所闻是什么。有一天忽然为了要写文章，才有意去精密观察一下，仔细认识一下，这样的观察和认识，成就必然有限，必然比不上平时能够精密观察仔细认识的人。写成一篇观察得好认识得好的文章，那根源还在于平时有好习惯，习惯好，才能够把文章的材料处理好。

平时想心思没条没理，牛头不对马嘴的，临到拿起笔来，即使十分审慎，定计划，写大纲，能保证写成论据完足推阐明确的文章吗？

平时对于语汇认不清它的确切意义，对于语法拿不稳它的正确结构，平时说话全是含糊其词，似是而非，临到拿起笔来，即使竭尽平生之力，还不是跟平时说话半斤八两吗？

所以，要文章写得像个样儿，不该在拿起笔来的时候才问该怎么样，应该在拿起笔来之前多做准备功夫。准备功夫不仅是写作方面纯技术的准备，更重要的是实际生活的准备，不从这儿出发就没有根。急躁是不成的，秘诀是没有的。实际生活充实了，种种习惯养成了，写文章就会像活水那样自然地流了。

开头与结尾

写一篇文章，预备给人家看，这和当众演说很相像，和信口漫谈却不同。当众演说，无论是发一番议论或者讲一个故事，总得认定中心，凡是和中心有关系的才容纳进去，没有关系的，即使是好意思、好想象、好描摹、好比喻，也得丢掉。一场演说必须是一件独立的东西。信口漫谈可就不同。几个人的漫谈，说话像藤蔓一样爬开来，一忽儿谈这个，一忽儿谈那个，全体没有中心，每段都不能独立。这种漫谈本来没有什么目的，话说过了也就完事了。若是抱有目的，要把自己的情意告诉人家，用口演说也好，用笔写文章也好，总得对准中心用功夫，总得说成或者写成一件独立的东西。不然，人家就会弄不清楚你在说什么写什么，因而你的目的就难达到。

中心认定了，一件独立的东西在意想中形成了，怎样开头怎样结尾原是很自然的事，不用费什么矫揉造作的功夫了。开头和结尾也是和中心有关系的材料，也是那独立的东西的一部分，并不是另外加添上去的。然而有许多人往往因为习惯不良或者少加思考，就在开头和结尾的地方出了毛病。在会场里，我们时常听见演说者这么说："兄弟今天不曾预备，实在没有什么可以说的。"演说完了，又说："兄弟这一番话只是随便说说的，实在没有什么意思，请诸位原谅。"谁也明白，这些都是谦虚的话。可是，在说出来之前，演说者未免少了一点思考。你说不曾预备，没有什么可以说的，那么为什么要踏上演说台呢？随后说出来的，无论是三言两语或者长篇大论，又算不算"可以说的"呢？你说随便说说，没有什么意思，那么刚才的一本正经，是不是逢场作戏呢？自己都相信不过的话，却要说给人家听，又算是一种什么态度呢？如果这样询问，演说者一定会爽然自失，回答不出来。其实他受的习惯的累，他听见人家演说这么说，自己也就这么说，说成了习惯，不知道这样的头尾对于演说是并没有帮助反而有损害的。不要这种无谓的谦虚，删去这种有害的头尾，岂不干净而有效得多？还有，演说者每每说："兄弟能在这里说几句话，十分荣幸。"这是通常的含有礼貌的开头，不能说有什么毛病。然而听众听到，总不免想："又是那老套来了。"听众这么一想，自然而然把注意力放松，于是演说者的演说效果就跟着打了折扣。什么事都如此，一回两回见得新鲜，成为老套就嫌乏味。所以老套以能够避免为妙。演说的开头要有礼貌，应该找一些新鲜而又适宜的话来说。原不必按照着公式，说什么"兄弟能在这里说几句话，十分荣幸"。

各种体裁的文章里头，书信的开头和结尾差不多是规定的。

书信的构造通常分作三部分；除第二部分叙述事务，为书信的主要部分外，第一部分叫作"前文"，就是开头，内容是寻常的招呼和寒暄，第三部分叫作"后文"，就是结尾，内容也是招呼和寒暄。这样构造原本于人情，终于成为格式。从前的书信往往有前文后文非常繁复，竟至超过了叙述事务的主要部分的。近来流行简单的了，大概还保存着前文后文的痕迹。有一些书信完全略去前文后文，使人读了感到一种隽妙的趣味。不过这样的书信宜于寄给亲密的朋友。如果寄给尊长或者客气一点的朋友，还是依从格式，具备前文后文，才见得合乎礼意。

记叙文记述一件事物，必得先提出该事物，然后把各部分分项写下去。如果一开头就写各部分，人家就不明白你在说什么了。我曾经记述一位朋友赠我的一张华山风景片。开头说："贺昌群先生游罢华山，寄给我一张十二寸的放大片。"又如魏学洢的《核舟记》，开头说："明有奇巧人曰王叔远，能以径寸之木为宫室、器皿、人物以至鸟、兽、木、石，罔不因势象形，各具情态。尝贻余核舟一，盖大苏泛赤壁云。"不先提出"寄给我一张十二寸的放大片"以及"尝贻余核舟一"，以下的文字事实上没法写的。各部分记述过了，自然要来个结尾。像《核舟记》统计了核舟所有人物器具的数目，接着说"而计其长曾不盈寸，盖简桃核修狭者为之"。这已非常完整，把核舟的精巧表达得很明显的了。可是作者还要加上另外一个结尾，说：

魏子详瞩既毕，诧曰：嘻，技亦灵怪矣哉！《庄》《列》

所载称惊犹鬼神者良多，然谁有游削于不寸之质而须麋了然者？假有人焉，举我言以复于我，亦必疑其诳，乃今亲睹之。繇斯以观，棘刺之端未必不可为母猴也。嘻，技亦灵怪矣哉！

这实在是画蛇添足的勾当。从前人往往欢喜这么做，以为有了这一发挥，虽然记述小东西，也可以即小见大。不知道这么一个结尾以后的结尾无非说明那个桃核极小而雕刻极精，至可惊异罢了。而这是不必特别说明的，因为全篇的记述都暗示着这层意思。作者偏要格外讨好，反而教人起一种不统一的感觉。我那篇记述华山风景片的文字，没有写这种"结尾以后的结尾"，在写过了照片的各部分之后，结尾说："这里叫作长空栈，是华山有名的险峻处所。"用点明来收场，不离乎全篇的中心。

叙述文叙述一件事情，事情的经过必然占着一段时间，依照时间的顺序来写，大致不会发生错误。这就是说，把事情的开端作为文章的开头，把事情的收梢¹作为文章的结尾。多数的叙述文都用这种方式，也不必举什么例子。又有为要叙明开端所写的事情的来历和原因，不得不回上去写以前时间所发生的事情。这样把时间倒错了来叙述。也是常见的。如丰子恺的《从孩子得到的启示》，开头写晚上和孩子随意谈话，问他最欢喜什么事，孩子回答说是逃难。在继续了一回问答之后，才悟出孩子所以欢喜逃难的

1　指人生或任何事物的终结部分。

缘故。如果就此为止，作者固然明白了，读者还没有明白。作者要使读者也明白孩子为什么欢喜逃难，就不得不用倒错的叙述方式，回上去写一个月以前的逃难情形了。在近代小说里，倒错[1]叙述的例子很多，往往有开头写今天的事情，而接下去却写几天前几月前几年前的经过的。这不是故意弄什么花巧，大概由于今天这事情来得重要，占着主位，而从前的经过处于旁位，只供点明脉络之用的缘故。

说明文大体也有一定的方式。开头往往把所要说明的事物下一个诠释，立一个定义。例如说明"自由"，就先从"什么叫作自由"入手。这正同小学生作"房屋"的题目用"房屋是用砖头木材建筑起来的"来开头一样。平凡固然平凡，然而是文章的常轨，不能说这有什么毛病。从下诠释、立定义开了头，接下去把诠释和定义里的语义和内容推阐明白，然后来一个结尾，这样就是一篇有条有理的说明文。蔡元培的《我的新生活观》可以说是适当的例子。那篇文章开头说：

> 什么叫作旧生活？是枯燥的，是退化的。什么叫作新
> 生活？是丰富的，是进步的。

这就是下诠释、立定义。接着说旧生活的人不作工又不求学，所以他们的生活是枯燥的、退化的，新生活的人既要作工又要求学，

1　颠倒错乱。

所以他们的生活是丰富的、进步的。结尾说如果一个人能够天天作工求学，就是新生活的人，一个团体里的人能够天天作工求学，就是新生活的团体，全世界的人能够天天作工求学，就是新生活的世界。这见得作工求学的可贵，新生活的不可不追求。而写作这一篇的本旨也就在这里表达出来了。

再讲到议论文。议论文虽有各种，总之是提出自己的一种主张。现在略去那些细节且不说，单说怎样把主张提出来，这大概只有两种开头方式。如果所论的题目是大家周知的，开头就把自己的主张提出来，这是一种方式。譬如今年长江、黄河流域都闹水灾，报纸上每天用很多的篇幅记载各处的灾况，这可以说是大家周知的了。在这时候要主张怎样救灾、怎样治水，尽不妨开头就提出来，更不用累累赘赘先叙述那灾况怎样地严重。如果所论的题目在一般人意想中还不很熟悉，那就先把它述说明白，让大家有一个考量的范围，不至于茫然无知，全不接头，然后把自己的主张提出来，使大家心悦诚服地接受，这是又一种方式。胡适的《不朽》是这种方式的适当的例子。"不朽"含有怎样的意义，一般人未必十分了然，所以那篇文章的开头说：

> 不朽有种种说法，但是总括看来，只有两种说法是真有区别的。一种是把"不朽"解作灵魂不灭的意思，一种就是《春秋左传》上说的"三不朽"。

这就是指明从来对于不朽的认识。以下分头揭出这两种不朽论的缺点，认为对于一般的人生行为上没有什么重大的影响。到这里，读者一定盼望知道不朽论应该怎样才算得完善。于是作者提出他的主张所谓"社会的不朽论"来。在列举了一些例证，又和以前的不朽论比较了一番之后，他用下面的一段文字作结尾：

> 我这个现在的"小我"，对于那永远不朽的"大我"的无穷过去，须负重大的责任；对于那永远不朽的"大我"的无穷未来，也须负重大的责任。我须要时时想着，我应该如何努力利用现在的"小我"，方才可以不辜负了那"大我"的无穷过去，方才可以不遗害那"大我"的无穷未来？

这是作者的"社会的不朽论"的扼要说明，放在末了，有引人注意、促人深省的效果。所以，就构造说，这实在是一篇完整的议论文。

普通文的开头和结尾大略说过了，再来说感想文、描写文、抒情文、纪游文以及小说等所谓文学的文章。这类文章的开头，大别有冒头法和破题法两种。冒头法是不就触到本题，开头先来一个发端的方式。如茅盾的《都市文学》，把"中国第一大都市，'东方的巴黎'——上海，一天比一天'发展'了"作为冒头，然后叙述上海的现况，渐渐引到都市文学上去。破题法开头不用什么发端，马上就触到本题。如朱自清的《背影》，开头说"我与父亲不相见已二年余了，我最不能忘记的是他的背影"，就是一个适当的例子。

曾经有人说过，一篇文章的开头极难，好比画家对着一幅白纸，总得费许多踌躇，去考量应该在什么地方下第一笔。这个话其实也不尽然。有修养的画家并不是画了第一笔再斟酌第二笔的，在一笔也不曾下之前，对着白纸已经考量停当，心目中早就有了全幅的布置了。布置既定，什么地方该下第一笔原是摆好在那里的事。作文也是一样。作者在一个字也不曾写之前，整篇文章已经活现在胸中了。这时候，该用什么方法开头，开头该用怎样的话，也都派定注就，再不必特地用什么搜寻的功夫。不过这是指有修养的人而言。如果是不能预先统筹全局的人，开头的确是一件难事。而且，岂止开头而已，他一句句一段段写下去将无处不难。他简直是盲人骑瞎马，哪里会知道一路前去撞着些什么。

文章的开头犹如一幕戏剧刚开幕的一刹那的情景，选择得适当，足以奠定全幕的情调，笼罩全幕的空气，使人家立刻把纷乱的杂念放下，专心一致看那下文的发展。如鲁迅的《秋夜》，描写秋夜对景的一些奇幻峭拔的心情，用如下的文句来开头：

在我的后园，可以看见墙外有两株树。一株是枣树，还有一株也是枣树。

"还有一株也是枣树"是并不寻常的说法，拗强而特异，足以引起人家的注意，而以下文章的情调差不多都和这一句一致。又如茅盾的《雾》，用"雾遮没了正对着后窗的一带山峰"来开头，全篇的空气就给这一句凝聚起来了。以上两例都属于显出力量的一类。

另有一种开头，淡淡着笔，并不觉得有什么力量，可是同样可以传出全篇的情调，范围全篇的空气。如龚自珍的《记王隐君》，开头说：

> 于外王父段先生废簏中见一诗，不能忘。于西湖僧经箱中见书《心经》，蠹且半，如遇簏中诗也，益不能忘。

这个开头只觉得轻松随便，然而平淡而有韵味，一来可以暗示下文所记王隐君的生活，二来先行提出书法，可以作为下文访知王隐君的关键。仔细吟味，真有说不尽的妙趣。

现在再来说结尾。略知文章甘苦的人一定有这么一种经验：找到适当的结尾好像行路的人遇到了一处适合的休息场所，在这里他可以安心歇脚，舒舒服服地停止他的进程。若是找不到适当的结尾而勉强作结，就像行路的人歇脚在日晒风吹的路旁，总觉得不是个妥当的地方。至于这所谓"找"，当然要在计划全篇的时候做，结尾和开头和中部都得在动笔之前有了成竹。如果待临时再找，也不免有盲人骑瞎马的危险。

结尾是文章完了的地方，但结尾最忌的却是真个完了。要文字虽完了而意义还没有尽，使读者好像嚼橄榄，已经咽了下去而嘴里还有余味，又好像听音乐，已经到了末拍而耳朵里还有余音，那才是好的结尾。归有光的《项脊轩志》的跋尾既已叙述了他的妻子与项脊轩的因缘，又说了修葺该轩的事，末了说：

> 庭有枇杷树，吾妻死之年所手植也，今已亭亭如盖矣。

这个结尾很好。骤然看去，也只是记叙庭中的那株枇杷树罢了，但是仔细吟味[1]起来，这里头有物在人亡的感慨，有死者渺远的惆怅。虽则不过一句话，可是含蓄的意义很多，所谓"余味""余音"就指这样的情形而言。我曾经作一篇题名《遗腹子》的小说，叙述一对夫妇只生女孩不生男孩，在绝望而纳妾之后，大太太居然生了一个男孩；不久那个男孩就病死了；于是丈夫伤心得很，一晚上喝醉了酒，跌在河里淹死了；大太太发了神经病，只说自己肚皮里又怀了孕，然而遗腹子总是不见产生。到这里，故事已经完毕，结句说：

这时候，颇有些人来为大小姐二小姐说亲了。

这句话有点冷隽，见得后一代又将踏上前一代的道路，生男育女，盼男嫌女，重演那一套把戏，这样传递下去，正不知何年何代才休歇呢。我又有一篇小说叫作《风潮》，叙述中学学生因为对一个教师的反感，做了点越规行动，就有一个学生被除了名；大家的义愤和好奇心就此不可遏制，捣毁校具，联名退学，个个人都自视为英雄。到这里，我的结尾是：

路上遇见相识的人问他们做什么时，他们用夸耀的声气回答道："我们起风潮了！"

---

1 吟咏玩味。

这样结尾把全篇停止在最热闹的情态上，很有点儿力量，"我们起风潮了"这句话如闻其声，这里头含蓄着一群学生在极度兴奋时种种的心情。以上是我所写的两篇小说的结尾，现在附带提起，作为带有"余味""余音"的例子。

结尾有回顾开头的一式，往往使读者起一种快感：好像登山涉水之后，重又回到原来的出发点，坐定下来，得以转过头去温习一番刚才经历的山水一般。极端的例子是开头用的什么话结尾也用同样的话。如林嗣环的《口技》，开头说：

京中有善口技者。会宾客大宴，于厅事之东北隅施八尺屏幛，口技人坐屏幛中，一桌、一椅、一扇、一抚尺而已。

结尾说：

忽然抚尺一下，众响毕绝。撤屏视之，一人、一桌、一椅、一扇、一抚尺而已。

前后同用"一桌、一椅、一扇、一抚尺而已"，把设备的简单冷落反衬表演口技的繁杂热闹，使人读罢了还得凝神去想。如果只写到"忽然抚尺一下，众响毕绝"，虽没有什么不通，然而总觉得这样还不是结局呢。

重读鲁迅先生的《作文秘诀》

　　偶尔在一个谈写作的讨论会上说到了鲁迅先生的《作文秘诀》，回家来就把这篇文章找出来重读，在《南腔北调集》中。

　　文章的第一句就引起我的注意："现在竟还有人写信来问我作文的秘诀。"鲁迅先生这篇文章是一九三三年写的，时间过了将近半个世纪，情况"竟还"没有改变，打听作文秘诀的信"竟还"有人写，我每个月总要接到好几封。写信的人大多挺诚恳，要求给他们指点几句，似乎只消几句话就可以解决他们前进的问题，却忘了自己去下点真功夫。其实作文哪有什么秘诀。也有找上门来的，尽管横说竖说，他们总不肯相信，还是巴望你随便说出一句两句来，他们好认认真真地记在小本本上。

　　鲁迅先生似乎不愿意扫人家的兴，他说："作文真就毫无秘诀么？却也并不。"接着就说做古文确乎有秘诀，秘诀之一"是要通篇都有来历，而非古人的成文；也就是通篇是自己做的，而又非自己所做，个人其实并没有说什么"。看了这几句，我不免笑了。鲁迅先生这个话说得确切，我在看书看报看刊物的时候也往往感觉到。笑虽笑，心里可不大舒坦。鲁迅先生说的是古文，指的是从前的弊病。如今是二十世纪八十年代了，而类似古文的说了等于没有说什么的文章还时常看得到，这怎么得了呢！

说了等于没有说，是指内容而言。鲁迅先生说："至于修辞，也有一点秘诀，一要朦胧，二要难懂……使它不容易一目了然才好。"又说："这些都是做骗人的古文的秘诀"，但是"做白话文也没有什么两样，因为它也可以夹些僻字，加上朦胧或难懂，来施展变戏法的障眼的手巾的。倘要反一调，就是'白描'"。

白描的确最见功夫，就像我们苏州人说的"赤骨肋相打"（赤骨肋＝赤膊）。两个人戴上头盔穿上战袍来打，不免有所凭借，有所掩护，算不得真功夫。什么都不穿不戴，赤条条一丝不挂，你一拳，我一脚，才见得出真本领。白描靠的是真功夫真本领，当然无秘诀可言，所以鲁迅先生说："如果要说有，也不过是和障眼法反一调：有真意，去粉饰，少做作，勿卖弄而已。"

有真意，去粉饰，少做作，勿卖弄，这四条其实并非"秘诀"，而是作文的要道。四条之中，头一条"有真意"最重要，因为说的是内容。作文而没有要说而且确乎值得说的意思，作它干什么呢？以小说为例，假如对于素材并无丰富的积蓄，对于生活并无深切的体会，胸中没有什么非告诉读者不可的东西，那就尽可以不写小说。没有真意而硬要写，那就只好粉饰，只好做作，只好卖弄了。可惜这些"障眼的手巾"用来变戏法也许有效，对于写小说却毫无帮助。

写任何文章首先要有真意，没有真意就不必写。真意从何而来？来自平常时候的积蓄。待人，处事，明理，察变，全都是积蓄。这些事项并不是为了写文章的需要，做一个堂堂正正的人本该如此。待人随随便便，处事马马虎虎，行吗？事理物理不甚明了，宏观微观毫无所知，行吗？回答当然说不行，除非你甘心做一个不怎么合格或者根本不合格的人。既然不行，就该项项留意，什么都不肯疏忽，认真它一辈子。这样的人呀，或多或少总有点儿自得的东西，真正凭自己的心思和力气换得来的东西。这大概就是鲁迅先生所说的真意。这样的人呀，要是没有兴致写文章，当然是他的自由，谁也不该责备他。要是他怀着强烈的兴致，准备拿起笔来写点儿什么告诉人家，那必然是值得一读的东西，对人家或多或少有益的东西。

最近两三年间，出现了好些写农民的生活和思想感情的好小说。这些作者耽在农村里十年二十年，简直就是农民。并不是有意去农村"深入生活"的。他们之中有的从来没写过小说，有的虽然写过，下放之后根本没想到将来还有再让他们写的一天了。他们在农村里跟农民完全一样，靠自己的劳动过日子，对于农村政策的每一次改变，对于发生在农村里的每一件大事小事，他们跟农民一样非常敏感。他们并没有为了写小说着意去搜集素材，寻找典型：一则，他们没有这样的空工夫，二则，他们根本没想到要写什么小说。可是日子长了，脑子里的素材越积蓄越多，典型也在脑子里逐渐形成，而且越来越鲜明生动，要是不把它写出来甚至会感到憋得发慌。到了这样的地步然后动手写，成功的希望当然就大得多了。这就可见所谓深入生活重在平时，不宜乎临时抱佛脚。要是预先定下个题目然后去深入生活，像搜索猎物一样去抓材料，找典型，结果一定是失败的占多数。

要把文章写好，有了真意，还得讲究点儿技巧。鲁迅先生提倡白描，也不是说不要讲究技巧。会画画的人都知道，没有技巧的训练，白描也是描不好的。写文章的技巧，我想，最要紧的大致是选择最切当的语言，正确而又明白地把真意表达出来，决不是在粉饰、做作、卖弄上瞎费心思。有些人把这些障眼法当作技巧，着力追求，以为练好了这一手就能把文章写好，这就走到歧路上去了。随便举几个例：有的人滥用形容词语和形容句子，以为堆砌得越多越漂亮；有的人不肯顺着一般人的表达习惯来写，以为不说些离奇别扭的话就不成其为文章；有的人搬弄一些俗滥的成语或者典故，以为不这样做不足以显示自己的高明。从此看来，鲁迅先生提倡白描虽然将近半个世纪了，咱们现在还得提倡。鲁迅先生的这四句"秘诀"："有真意，去粉饰，少做作，勿卖弄"，其实是作文的要道，对咱们非常有用，应该把它看作座右铭。

那些驱遣想象的文字

对文学作品的理解和领悟需要凭借经验和想象：
作者在作品中所描写的，有些是生活经验，有些
是想象所得。我们的生活经验与作者不同，不能
一一从生活经验去领会作品，所靠的大半是想象。
对于作者想象的记录固然要用想象去领略，对于
作者生活经验的记录也只好用想象去领略。想象
是鉴赏的重要条件，想象力不发达，鉴赏力也无
法使之发达的。

我们鉴赏文艺，最大目的无非是接受美感的经验，
得到人生的受用。要达到这个目的，不能拘泥于
文字。必须驱遣我们的想象，才能够通过文字，
达到这个目的。

文艺作品的鉴赏

一 要认真阅读

文艺鉴赏不是一桩特别了不起的事，不是只属于读书人或者文学家的事。

我们苏州地方流行着一首儿歌：

> 咿呀咿呀踏水车。水车沟里一条蛇，游来游去捉虾
> 蟆。虾蟆躲（原音"伴"，意义和"躲"相当，可是写不出这
> 个字来）在青草里，青草开花结牡丹。牡丹娘子要嫁人，石
> 榴姊姊做媒人。桃花园里铺"行家"（嫁妆），梅花园里结
> 成亲。……

儿童唱着这个歌，仿佛看见春天田野的景物，一切都活泼而

有生趣：水车转动了，蛇游来游去了，青草开花了，牡丹做新娘子了。因而自己也觉得活泼而有生趣，蹦蹦跳跳，宛如郊野中一匹快乐的小绵羊。这就是文艺鉴赏的初步。

另外有一首民歌，流行的区域大概很广，在一百年前已经有人记录在笔记中间了，产生的时间当然更早。

月儿弯弯照九州，几家欢乐几家愁？

几家夫妇同罗帐？几个飘零在外头？

唱着这个歌，即使并无离别之感的人，也会感到在同样的月光之下，人心的欢乐和哀愁全不一致。如果是独居家中的妇人，孤栖在外的男子，感动当然更深。回想同居的欢乐，更见离别的难堪，虽然头顶上不一定有弯弯的月儿，总不免簌簌地掉下泪来。这些人的感动也可以说是从文艺鉴赏而来的。

可见文艺鉴赏是谁都有分的。

但是要知道，文艺鉴赏不只是这么一回事。

文艺中间讲到一些事物，我们因这些事物而感动，感动以外，不再有别的什么。这样，我们不过处于被动的地位而已。

我们应该处于主动的地位，对文艺要研究，考察。它为什么能够感动我们呢？同样讲到这些事物，如果说法变更一下，是不是也能够感动我们呢？这等问题就涉及艺术的范围了。而文艺鉴赏正应该涉及艺术的范围。

在电影场中，往往有人为着电影中生离死别的场面而流泪。

但是另外一些人觉得这些场面只是全部情节中的片段，并没有什么了不起，反而对于某景物的一个特写、某角色的一个动作点头赞赏不已。这两种人中，显然是后一种人的鉴赏程度比较高。前一种人只被动地着眼于故事，看到生离死别，设身处地一想，就禁不住掉下泪来。后一种人却着眼于艺术，他们看出了一个特写、一个动作对于全部电影所加增的效果。

还就看电影来说。有一些人希望电影把故事交代得清清楚楚，例如剧中某角色去访朋友，必须看见他从家中出来的一景，再看见他在路上步行或者乘车的一景，再看见他走进朋友家中去的一景，然后满意。如果看见前一景那个角色在自己家里，后一景却和朋友面对面谈话了，他们就要问："他门也没出，怎么一会儿就在朋友家中了？"像这样不预备动一动天君的人，当然谈不到什么鉴赏。

散场的时候，往往有一些人说那个影片好极了，或者说，紧张极了，巧妙极了，可爱极了，有趣极了——总之是一些形容词语。另外一些人却说那个影片不好，或者说，一点不紧凑，一点不巧妙，没有什么可爱，没有什么趣味——总之也还是一些形容词语。像这样只能够说一些形容词语的人，他们的鉴赏程度也有限得很。

文艺鉴赏并不是摊开了两只手，专等文艺给我们一些什么。也不是单凭一时的印象，给文艺加上一些形容词语。

文艺中间讲到一些事物，我们就得问：作者为什么要讲到这些事物？文艺中间描写风景，表达情感，我们就得问：作者这样描写和表达是不是最为有效？我们不但说了个"好"就算，还要说得出好在哪里，不但说了个"不好"就算，还要说得出不好在哪里。

这样，才够得上称为文艺鉴赏。这样，从好的文艺得到的感动自然更深切。文艺方面如果有什么不完美的地方，也会觉察出来，不至于一味照单全收。

鲁迅的《孔乙己》，现在小学高级和初级中学都选作国语教材，读过的人很多了。匆匆读过的人说："这样一个偷东西被打折了腿的瘪三，写他有什么意思呢？"但是，有耐心去鉴赏的人不这么看，有的说："孔乙己说回字有四样写法，如果作者让孔乙己把四样写法都写出来，那就索然无味了。"有的说："这一篇写的孔乙己，虽然颓唐、下流，却处处要面子，处处显示出他所受的教育给与他的影响，绝不同于一般的瘪三，这是这一篇的出色处。"有一个深深体会了世味的人说："这一篇中，我以为最妙的文字是'孔乙己是这样的使人快活，可是没有他，别人也便这么过'。这个话传达出无可奈何的寂寞之感。这种寂寞之感不只属于这一篇中的酒店小伙计，也普遍属于一般人。'也便这么过'，谁能跳出这寂寞的网罗呢？"

可见文艺鉴赏犹如采矿，你不动手，自然一无所得，只要你动手去采，随时会发现一些晶莹的宝石。

这些晶莹的宝石岂但[1]给你一点赏美的兴趣，并将扩大你的眼光，充实你的经验，使你的思想、情感、意志往更深更高的方面发展。

好的文艺值得一回又一回地阅读，其原由在此。否则明明已经知道那文艺中间讲的是什么事物了，为什么再要反复阅读？

1　用反问的语气表示"不但"。

另外有一类也称为文艺的东西，粗略地阅读似乎也颇有趣味。例如说一个人为了有个冤家想要报仇，往深山去寻访神仙。神仙访到了，拜求收为徒弟，从他修习剑术。结果剑术练成，只要念念有词，剑头就放出两道白光，能取人头于数十里之外。于是辞别师父，下山找那冤家，可巧那冤家住在同一的客店里。三更时分，人不知，鬼不觉，剑头的白光不必放到数十里那么长，仅仅通过了几道墙壁，就把那冤家的头取来，藏在作为行李的空皮箱里。深仇既报，这个人不由得仰天大笑。——我们知道现在有一些少年很欢喜阅读这一类东西。如果阅读时候动一动天君，就觉察这只是一串因袭的浮浅的幻想。除了荒诞的传说，世间哪里有什么神仙？除了本身闪烁着寒光，剑头哪里会放出两道白光？结下仇恨，专意取冤家的头，其人的性格何等暴戾？深山里住着神仙，客店里失去头颅，这样的人世何等荒唐？这中间没有真切的人生经验，没有高尚的思想、情感、意志作为骨子。说它是一派胡言，也不算过分。这样一想，就不再认为这一类东西是文艺，不再觉得这一类东西有什么趣味。读了一回，就大呼上当不止。谁高兴再去上第二回当呢？

　　可见阅读任何东西不可马虎，必须认真。认真阅读的结果，不但随时会发现晶莹的宝石，也随时会发现粗劣的瓦砾。于是吸取那些值得取的，排除那些无足取的，自己才会渐渐地成长起来。

　　采取走马看花的态度的，谈不到文艺鉴赏。纯处于被动的地位的，也谈不到文艺鉴赏。

　　要认真阅读。在阅读中要研究，考察。这样才可以走上文艺鉴赏的途径。

二　驱遣我们的想象

原始社会里，文字还没有创造出来，却先有了歌谣一类的东西。这也就是文艺。

文字创造出来以后，人就用它把所见所闻所想所感的一切记录下来。一首歌谣，不但口头唱，还要刻呀，漆呀，把它保留在什么东西上（指使用纸和笔以前的时代而言）。这样，文艺和文字就并了家。

后来纸和笔普遍地使用了，而且发明了印刷术。凡是需要记录下来的东西，要多少份就可以有多少份。于是所谓文艺，从外表说，就是一篇稿子，一部书，就是许多文字的集合体。

当然，现在还有许多文盲在唱着未经文字记录的歌谣，像原始社会里的人一样。这些歌谣只要记录下来，就是文字的集合体了。文艺的门类很多，不止歌谣一种。古今属于各种门类的文艺，我们所接触到的，可以说，没有一种不是文字的集合体。

文字是一道桥梁。这边的桥堍站着读者，那边的桥堍站着作者。通过了这一道桥梁，读者才和作者会面。不但会面，并且了解作者的心情，和作者的心情相契合。

先就作者的方面说。文艺的创作决不是随便取许多文字来集合在一起。作者着手创作，必然对于人生先有所见，先有所感。他把这些所见所感写出来，不作抽象的分析，而作具体的描写，不作刻板的记载，而作想象的安排。他准备写的不是普通的论说文、记叙文；他准备写的是文艺。他动手写，不但选择那些最适当的文字，让它们集合起来，还要审查那些写下来的文字，看有没有应当修改或是增减的。总之，作者想做到的是：写下来的文字正好传达出他的所见所感。

现在就读者的方面说。读者看到的是写在纸面或者印在纸面的文字，但是看到文字并不是他们的目的。他们要通过文字去接触作者的所见所感。

如果不识文字，那自然不必说了。即使识了文字，如果仅能按照字面解释，也接触不到作者的所见所感。王维的一首诗中有这样两句：

> 大漠孤烟直，
> 长河落日圆。

大家认为佳句。如果单就字面解释，大漠上一缕孤烟是笔直的，长河背后一轮落日是圆圆的，这有什么意思呢？或者再提出疑问：大漠上也许有几处地方聚集着人，难道不会有几缕的炊烟吗？假使起了风，烟不就曲折了吗？落日固然是圆的，难道朝阳就不圆吗？这样地提问，似乎是在研究，在考察，可是也领会不到这两句诗的意思。要领会这两句诗，得睁开眼睛来看。看到的只是十个文字呀。不错，我该说得清楚一点：在想象中睁开眼睛来，看这十个文字所构成的一幅图画。这幅图画简单得很，景物只选四样，大漠、长河、孤烟、落日，传出北方旷远荒凉的印象。给"孤烟"加上个"直"字，见得没有一丝的风，当然也没有风声，于是更来了个静寂的印象。给"落日"加上个"圆"字，并不是说唯有"落日"才"圆"，而是说"落日"挂在地平线上的时候才见得"圆"。圆圆的一轮"落日"不声不响地衬托在"长河"的背后，这又是多么静寂的境界啊！一个"直"，一个"圆"，在图画方面说起来，都是简单的线条，和那旷远荒凉的大漠、长河、孤烟、落日正相配合，构成通体的一致。

像这样驱遣着想象来看，这一幅图画就显现在眼前了。同时也就接触了作者的意境。读者也许是到过北方的，本来觉得北方的景物旷远、荒凉、静寂，使人怅然凝望。现在读到这两句，领会着作者的意境，宛如听一个朋友说着自己也正要说的话，这是一种愉快。读者也许不曾到过北方，不知道北方的景物是怎样的。现在读到这两句，领会着作者的意境，想象中的眼界就因而扩大了，并且想想这意境多美，这也是一种愉快。假如死盯着文字而不能从文字看出一幅图画来，就感受不到这种愉快了。

上面说的不过是一个例子。这并不是说所有文艺作品都要看作一幅图画，才能够鉴赏。这一点必须清楚。

再来看另一些诗句。这是从高尔基的《海燕》里摘录出来的。

白濛濛的海面上，风在收集着阴云。在阴云和海的中间，得意洋洋地掠过了海燕……

海鸥在暴风雨前头哼着，——哼着，在海面上窜着，愿意把自己对于暴风雨的恐惧藏到海底里去。

潜水鸟也在哼着——它们这些潜水鸟，够不上享受生活的战斗的快乐！轰击的雷声就把它们吓坏了。

蠢笨的企鹅，畏缩地在崖岸底下躲藏着肥胖的身体……

只有高傲的海燕，勇敢地，自由自在地，在泛着白沫的海面上飞掠着。

——暴风雨！暴风雨快要爆发了！

勇猛的海燕，在闪电中间，在怒吼的海上，得意洋洋地飞掠着，这胜利的预言者叫了：

——让暴风雨来得利害些吧！

如果单就字面解释，这些诗句说了一些鸟儿在暴风雨之前各自不同的情况，这有什么意思呢？或者进一步追问：当暴风雨将要到来的时候，人忧惧着生产方面的损失以及人事方面的阻障不是更要感到不安吗？为什么抛开了人不说，却去说一些无关紧要的鸟儿？这样地追问，似乎是在研究，在考察，可是也领会不到这首诗的意思。

要领会这首诗，得在想象中生出一对翅膀来，而且展开这对翅膀，跟着海燕"在闪电中间，在怒吼的海上，得意洋洋地飞掠着"。这当儿，就仿佛看见了聚集的阴云，耀眼的闪电，以及汹涌的波浪，就仿佛听见了震耳的雷声，怒号的海啸。同时仿佛体会到，一场暴风雨之后，天地将被洗刷得格外清明，那时候在那格外清明的天地之间飞翔，是一种无可比拟的舒适愉快。"暴风雨有什么可怕呢？迎上前去吧！教暴风雨快些来吧！让格外清明的天地快些出现吧！"这样的心情自然萌生出来了。回头来看看海鸥、潜水鸟、企鹅那些东西，它们苟安、怕事，只想躲避暴风雨，无异于不愿看见格外清明的天地。于是禁不住激昂地叫道："让暴风雨来得利害些吧！"

像这样驱遣着想象来看，才接触到作者的意境。那意境是什么呢？就是不避"生活的战斗"。唯有迎上前去，才够得上"享受生活的战斗的快乐"。读者也许是海鸥、潜水鸟、企鹅似的人物，现在接触到作者的意境，感到海燕的快乐，因而改取海燕的态度，这是一种受用。读者也许本来就是海燕似的人物，现在接触到作者的意境，仿佛听见同伴的高兴的歌唱，因而把自己的态度把握得更坚定，这也是一种受用。假如死盯着文字而不能从文字领会作者的意境，就无从得到这种受用了。

我们鉴赏文艺，最大目的无非是接受美感的经验，得到人生的受用。要达到这个目的，不能够拘泥于文字。必须驱遣我们的想象，才能够通过文字，达到这个目的。

三　训练语感

前面说过，要鉴赏文艺，必须驱遣我们的想象。这意思就是：文艺作品往往不是倾筐倒箧地说的，说出来的只是一部分罢了，还有一部分所谓言外之意，弦外之音，没有说出来，必须驱遣我们的想象，才能够领会它。如果拘于有迹象的文字，而抛荒了言外之意、弦外之音，至多只能够鉴赏一半；有时连一半也鉴赏不到，因为那没有说出来的一部分反而是极关重要的一部分。

这一回不说"言外"而说"言内"。这就是语言文字本身所有的意义和情味。鉴赏文艺的人如果对于语言文字的意义和情味不很了了，那就如入宝山空手回，结果将一无所得。

审慎的作家写作，往往斟酌又斟酌，修改又修改，一句一字都不肯随便。无非要找到一些语言文字，意义和情味同他的旨趣恰相贴合，使他的作品真能表达他的旨趣。我们固然不能说所有的文艺作品都能做到这样，可是我们可以说，凡是出色的文艺作品，语言文字必然是作者的旨趣的最贴合的符号。

作者的努力既是从旨趣到符号，读者的努力自然是从符号到旨趣。读者若不能透彻地了解语言文字的意义和情味，那就只看见徒有迹象的死板板的符号，怎么能接近作者的旨趣呢？

所以，文艺鉴赏还得从透切地了解语言文字入手。这件事看来似乎浅近，但是是最基本的。基本没有弄好，任何高妙的话都谈不到。

陶渊明"好读书不求甚解"，从来传为美谈，因而有很多效仿他的。我还知道有一些少年看书，遇见不很了了的地方就一眼带过；他们自以为有一宗可靠的经验，只要多遇见几回，不很了了的自然就会了了。其实陶渊明的"好读书不求甚解"究竟是不是胡乱阅读的意思，原来就有问题。至于把不很了了的地方一眼带过，如果成了习惯，将永远不能够从阅读得到多大益处。囫囵吞东西，哪能辨出真滋味来？文艺作品跟寻常读物不同，是非辨出真滋味来不可的。读者必须把捉住语言文字的意义和情味，才有辨出真滋味来——也就是接近作者的旨趣的希望。

要了解语言文字，通常的办法是翻查字典辞典。这是不错的。但是许多少年仿佛有这样一种见解：翻查字典辞典只是国文课预习的事情，其他功课就用不到，自动地阅读文艺作品当然更无需那样了。这种见解不免错误。产生这个错误不是没有原由的。其一，除了国文教师以外，所有辅导少年的人都不曾督促少年去利用字典辞典。其二，现在还没有一种适于少年用的比较完善的字典和辞典。虽然有这些原由，但是从原则上说，无论什么人都该把字典辞典作为终身伴侣，以便随时解决语言文字的疑难。字典辞典即使还不完善，能利用总比不利用好。

不过字典辞典的解释，无非取比照的或是说明的办法，究竟和原字原辞不会十分贴合。例如"踌躇"，解作"犹豫"，就是比照的办法；"情操"，解作"最复杂的感情，其发作由于精神的作用，就是爱美和尊重真理的感情"，就是说明的办法。完全不了解什么叫作"踌躇"，什么叫作"情操"的人看了这样的解释，自然能有所了解。但是在文章中间，该用"踌躇"的地方不能换上"犹豫"，该用"情操"的地方也不能拿说明的解释语去替代，可见从意义上、情味上说，原字原辞和字典辞典的解释必然多少有点距离。

不了解一个字一个辞的意义和情味，单靠翻查字典辞典是不够的。必须在日常生活中随时留意，得到真实的经验，对于语言文字才会有正确丰富的了解力，换句话说，对于语言文字才会有灵敏的感觉。这种感觉通常叫作"语感"。

夏丏尊先生在一篇文章里讲到语感，有下面的一节说：

在语感锐敏的人的心里，"赤"不但解作红色，"夜"不但解作昼的反对吧。"田园"不但解作种菜的地方，"春雨"不但解作春天的雨吧。见了"新绿"二字，就会感到希望、自然的化工、少年的气概等等说不尽的旨趣，见了"落叶"二字，就会感到无常、寂寥等等说不尽的意味吧。真的生活在此，真的文学也在此。

　　夏先生这篇文章提及的那些例子，如果单靠翻查字典，就得不到什么深切的语感。唯有从生活方面去体验，把生活所得的一点一点积聚起来，积聚得越多，了解就越深切。直到自己的语感和作者不相上下，那时候去鉴赏作品，就真能够接近作者的旨趣了。

　　譬如作者在作品中描写一个人从事劳动，末了说那个人"感到了健康的疲倦"，这是很生动很实感的说法。但是语感欠锐敏的人就不觉得这个说法的有味，他想："疲倦就疲倦了，为什么加上'健康的'这个形容词呢？难道疲倦还有健康的和不健康的分别吗？"另外一个读者却不然了，他自己有过劳动的经验，觉得劳动后的疲倦确然和一味懒散所感到的疲倦不同；一是发皇[1]的、兴奋的，一是萎缩的、委靡的，前者虽然疲倦但有快感，后者却使四肢百骸都像销融了那样地不舒服。现在看见作者写着"健康的疲倦"，不由得拍手称赏，以为"健康的"这个形容词真有分寸，真不可少，这当儿的疲倦必须称为"健康的疲倦"，才传达出那个人的实感，

1　奋发，焕发；显豁，开朗。

才引得起读者经历过的同样的实感。

　　这另外一个读者自然是语感锐敏的人了。他的语感为什么会锐敏？就在乎他有深切的生活经验，他知道同样叫作疲倦的有性质上的差别，他知道劳动后的疲倦怎样适合于"健康的"这个形容词。

　　看了上面的例子，可见要求语感的锐敏，不能单从语言文字上揣摩，而要把生活经验联系到语言文字上去。一个人即使不预备鉴赏文艺，也得训练语感，因为这于治事接物都有用处。为了鉴赏文艺，训练语感更是基本的准备。有了这种准备，才可以通过文字的桥梁，和作者的心情契合。

四　不妨听听别人的话

　　鉴赏文艺，要和作者的心情相契合，要通过作者的文字去认识世界，体会人生，当然要靠读者自己的努力。有时候也不妨听听别人的话。别人鉴赏以后的心得不一定就可以转变为我的心得；也许它根本不成为心得，而只是一种错误的见解。可是只要抱着参考的态度，听听别人的话，总不会有什么害处。抱着参考的态度，采取不采取，信从不信从，权柄还是在自己手里。即使别人的话只是一种错误的见解，我不妨把它搁在一旁；而别人有几句话搔着了痒处，我就从此得到了启发，好比推开一扇窗，放眼望出去可以看见许多新鲜的事物。阅读文艺也应该阅读批评文章，理由就在这里。

　　批评的文章有各式各样。或者就作品的内容和形式加以赞美或指摘；或者写自己被作品引起的感想；或者说明这作品应该怎样看法；或者推论这样的作品对于社会会有什么影响。一个文艺阅读者，这些批评的文章都应该看看。虽然并不是所有的批评文章都有价值，但是看看它们，就像同许多朋友一起在那里鉴赏文艺一样，比较独个儿去摸索要多得到一点切磋琢磨的益处和触类旁通的机会。

文艺阅读者最需要看的批评文章是切切实实按照作品说话的那一种。作品好在哪里，不好在哪里；应该怎样看法，为什么；对于社会会有什么影响，为什么：这样明白地说明，当然适于作为参考了。

有一些批评文章却只用许多形容词，如"美丽""雄壮"之类；或者集合若干形容词语，如"光彩焕发，使人目眩""划时代的，出类拔萃的"之类。对于诗歌，这样的批评似乎更常见。从前人论词（从广义说，词也是诗歌），往往说苏、辛豪放，周、姜蕴藉，就是一个例子。这只是读了这四家的词所得的印象而已；为要用语言文字来表达所得的印象，才选用了"豪放"和"蕴藉"两个形容词。"豪放"和"蕴藉"虽然可以从辞典中查出它们的意义来，但是对于这两个形容词的体会未必人人相同，在范围上，在情味上，多少有广狭、轻重的差别。所以，批评家所说的"豪放"和"蕴藉"不就是读者意念中的"豪放"和"蕴藉"。读者从这种形容词所能得到的帮助很少。要有真切的印象，还得自己去阅读作品。其次，说某人的作品怎样，大抵只是扼要而言，不能够包括净尽。在批评家，选用几个形容词，集合几个形容词语，来批评某个作家的作品，固然是他的自由；可是读者不能够以此自限。如果以此自限，对于某个作家的作品的领会就得打折扣了。

阅读了一篇作品，觉得淡而无味，甚至发生疑问，作者为什么要采集这些材料，写成这篇文章呢？这是读者常有的经验。这当儿，我们不应该就此武断地说，这是一篇要不得的作品，没有道理的作品。我们应该虚心地想，也许是没有把它看懂吧。于是去听听别人的话。听了别人的话，再去看作品，觉得意味深长了；这些材料确然值得采集，这篇文章确然值得写作。这也是读者常有的经验。

我有一个朋友给他的学生选读小说，有一回，选了日本国木田独步的一篇《疲劳》。这篇小说不过两千字光景，大家认为是国木田独步的佳作。它的内容大略如下：

篇中的主人公叫作大森。所叙述的时间是五月中旬某一天的午后二时到四时半光景。地点是一家叫作大来馆的旅馆里。譬之于戏剧，这篇小说可以分为两场：前一场是大森和他的客人田浦在房间里谈话；后一场是大森出去了一趟回到房间里之后的情形。

在前一场中，侍女阿清拿了来客中西的名片进来报告说，遵照大森的嘱咐，账房已经把人不在馆里的话回复那个来客了。大森和田浦正要同中西接洽事情，听说已经把他回复了，踌躇起来。于是两个人商量，想把中西叫来；又谈到对付中西的困难，迁就他不好，对他太像煞有介事也不好。最后决定送信到中西的旅馆去，约他明天清早到这里来。大森又准备停会儿先出去会一会与事情有关的骏河台那个角色；当夜还要把叫作泽田的人叫来，叫他把

"样本的说明顺序"预备妥当,以便对付中西。

在后一场中,大森从外面回来,疲劳得很,身子横倒在席上,成了个"大"字。侍女报说江上先生那里来了电话。大森勉强起来去接,用威势堂堂的声气接谈。回答说:"那么就请来。"大森"回到房里,又颓然把身子横倒了,闭上眼睛。忽而举起右手,屈指唱着数目,似乎在想什么。过了一会,手'拍'地自然放下,发出大鼾声来,那脸色宛如死人"。

许多学生读了这篇小说,觉得莫名其妙。大森和田浦要同中西接洽什么事情呢?接洽的结果怎样呢?篇中都没有叙明。像这样近乎无头无尾的小说,作者凭什么意思动笔写作呢?

于是我的朋友向学生提示说:

"你们要注意,这是工商社会中生活的写生。他们接洽的是什么事情,对于领会这篇小说没有多大关系;单看中间提及'样本的说明顺序',知道是买卖交易上的事情就够了。在买卖交易上需要这么勾心斗角,斟酌对付,以期占得便宜;这是工商社会的特征。

"再看大森和田浦的生活方式完全是工商社会的:他们在旅馆里开了房间商量事情;那旅馆的电话备有店用的和客用的,足见通话的频繁;午后二时光景住客大都出去了,足见这时候正有许多事情在分头进行。大森在房间里拟的是'电报稿',用的是'自来水笔',要知道时间,看的是'案上的金时计'。他不断地吸'纸烟',才把烟蒂放下,接着又取一支在手;烟灰盆中盛满了埃及卷烟的残蒂。田浦呢,匆忙地查阅'函件';临走时候,把函件整理好了装进'大皮包'里。这些东西好比戏剧中的'道具'，样样足以显示人物的生活方式。他们在商量事情的当儿，不免由一方传染到对方，大家打着'呵欠'。在唤进侍女来教她发信的当儿，却顺便和她说笑打趣。从这上边，可以见到他们所商量的事情并不是怎样有兴味的。后来大森出去了一趟再回来，横倒在席上，疲劳得连洋服也不耐烦脱换。从这上边可以见到他这一趟出去接洽和商量的事情也不是怎样有兴味的。待他接了江上的电话之后。才在'屈指唱着数目，似乎在想什么'，但是一会儿就入睡了，'脸色宛如死人'。这种生活怎样地使人疲倦，也就可想而知了。

"领会了这些，再来看作为题目的'疲劳'这个词，不是有画龙点睛的妙处吗？"

许多学生听了提示，把这篇小说重读一遍，差不多异口同声地说："原来如此。现在我们觉得这篇小说句句有分量，有交代了。"

讲胡适的《差不多先生传》

你知道中国最有名的人是谁？提起此人，人人皆晓，处处闻名，他姓差，名不多，是各省各县各村人氏。你一定见过他，一定听过别人谈起他。差不多先生的名字天天挂在大家的口头，因为他是中国全国人的代表。

差不多先生的相貌和你和我都差不多。他有一双眼睛，但看得不很清楚；有两只耳朵，但听得不很分明；有鼻子和嘴，但他对于气味和口味都不很讲究；他的脑子也不小，但他的记性却不很精明，他的思想也不很细密。

他常常说，"凡事只要差不多，就好了。何必太精明呢？"

他小的时候，他妈叫他去买红糖，他买了白糖回来，他妈骂他，他摇摇头道，"红糖白糖不是差不多吗？"

他在学堂的时候，先生问他："直隶省的西边是哪一省？"

他说是陕西。先生说，"错了。是山西，不是陕西。"他说，

"陕西同山西，不是差不多吗？"

后来他在一个钱铺里做伙计；他也会写，也会算，只是总不会精细；十字常常写成千字，千字常常写成十字。掌柜的生气了，常常骂他，他只笑嘻嘻地赔小心道，"千字比十字只多一小撇，不是差不多吗？"

有一天，他为了一件要紧的事，要搭火车到上海去。他从从容容地走到火车站，迟了两分钟，火车已开走了，他白瞪着眼，望着远远的火车上的煤烟，摇摇头道，"只好明天再走了，今天走同明天走，也还差不多，可是火车公司未免太认真了。八点三十分开，同八点三十二分开，不是差不多吗？"他一面说，一面慢慢地走回家，心里总不明白为什么火车不肯等他两分钟。

有一天，他忽然得一急病，赶快叫家人去请东街的汪医生。那家人急急忙忙地跑去，一时寻不着东街汪大夫，却把西街的牛医王大夫请来了。差不多先生病在床上，知道寻错了人；但病急了，身上痛苦，心里焦急，等不得了，心里想道："好在王大夫同汪大夫也差不多，让他试试看吧。"于是这位牛医王大夫走近床前，用医牛的法子给差不多先生治病。不上一点钟[1]，差不多先生就一命呜呼了。

差不多先生差不多要死的时候，一口气断断续续地说道，"活人同死人也差……差……差……不多，……凡事只要……差……差……不多……就……好了，……何……何……必……太……太认

_____

1　指一小时。

真呢?"他说完了这句格言,方才绝气了。

他死后,大家都很称赞差不多先生样样事情看得破,想得通,大家都说他一生不肯认真,不肯算账,不肯计较,真是一位有德行的人;于是大家给他取个死后的法号,叫他做圆通大师。

他的名誉越传越远,越久越大。无数无数人都学他的榜样。于是人人都成了一个差不多先生。——然而中国从此就成了一个懒人国了。

这一回我们选一篇传记。

传记是什么? 传记是记叙人物的思想和行动的文章。一篇传记中间,可以记叙一个人物,也可以记叙几个人物。所谓思想和行动指重要的有关系的而言。譬如每天看书,零零碎碎引起一些感念,当然也算是思想。每天做事,对付了一桩又是一桩,当然也算是行动。但是这种思想和行动太琐屑了,对于人物的整个生命,关系比较的少,而且记叙不尽这许多,所以在传记中往往不加记叙。写传记的人必须捉住足以表现其人的性格的,或者对于社会有不小的影响的那种思想和行动,写成其人的传记。正因为这样,传统虽然不是按日记载的日记,也能使读者明了人物的生平,引起"如见其人"的感想。

以上是说一般的传记。现在我选的这篇传记却有点特别,因为一般的传记记叙世间实有的人物,而这位差不多先生并不是世间实有的人物,而是作者凭自己的意象创造出来的。古今的传记中间,像这样创造出人物来写成的也有好些篇。作者写这种传记大抵寄托着一种意思；不把意思说破，让读者自己去领会，作用和"寓言"相仿。读者读了一般的传记，结果是认识了世间实有的某一个或某几个人物；读了像《差不多先生传》那样的传记，结果是领会了作者所要表达的某种意思。这是二者在效用上的不同之点。

作者为什么要创造出一位差不多先生来给他写传记呢？因为他虽则不是实有，却比实有的人物还要真实。他的"名字天天挂在大家的口头"，"他是中国全国人的代表"。他有一个根本思想："凡事只要差不多就好了。何必太精明呢？"他的影响很大，使"无数无数的人都学他的榜样"。这样一位有关社会的人物还不配给他写传记吗？读者读了这篇传记，当然觉得这位先生非常可笑。但是在觉得他可笑之外，不免要反问自己："他是中国全国人的代表，我也让他代表了一部分吗？无数无数人都学他的榜样，我也学了他的榜样吗？"这反问的本意自然是不愿意让他代表，不愿意学他的榜样。因为果真"人人都成了一个差不多先生"，中国非成为一个懒人国不可，不要中国成为懒人国，谁也不应该效学这位差不多先生。——这正是作者寄托在这篇传记中间的意思。可是作者对于这层意思没有提到一个字，只让读者自己去领会。

作者写这篇传记按照一般传记的写法，第一节记述差不多先生的姓名，籍贯，第二节记述他的相貌。这两节中已经显出了差不多先生的特点。说"是各省各县各村人氏"，见得他这位先生简直无处不存在。说"相貌和你和我都差不多"，见得他这位先生真是普通不过的角色。他的接收经验、组织思想、指挥行动的器官——眼睛、耳朵、鼻子、嘴以及脑子——都不很高明，这形成了他的"凡事只要差不多"的根本思想。以下这些动辄错误的行动也根源于此，他都根据他的根本思想给自己辩护。末了两节记述他的死后情形。"大家都说他一生不肯认真，不肯算账，不肯计较，真是一位有德行的人。""不肯认真，不肯算账，不肯计较"，正是差不多先生终身的缺点，却说他"真是一位有德行的人"，这所谓"大家"不是差不多先生的同志是什么？而"学他的榜样"的就是这批人。这见得差不多先生的影响广大，他虽然死了，他的精神还存留在社会中间。言外的意思是：谁如果不愿意做他的同志，只有努力振作，随时随地防护自己，以免沾染他的精神。

开明书店出版的《国文百八课》第一册曾经讲到这篇文章写作上的技巧，靠着这些技巧，这篇文章就有了吸引人家的力量，使读者乐于去阅读它。现在将该书的原文抄录在后面：

"这篇文章用疑问句开头，'你知道中国最有名的人是谁？'，如果用'差不多先生姓差，名不多'开头也是可以的，而作者却不然，把自己知道的事情故意来问读者。

"文章中用着许多的'差不多'，如'差不多先生的相貌和你和我都差不多''凡事只要差不多就好了''红糖白糖不是差不多吗？'之类都是。

"文句中叠用着许多同调子的成分，如'你一定见过他，一定听过别人谈起他''他也会写，也会算''大家都称赞差不多先生样样事情看得破，想得通''大家都说他一生不肯认真，不肯算账，不肯计较'之类都是。

"文章中用着许多对称的句子，如'人人皆晓，处处闻名''他有一双眼睛，但看得不很清楚；有两只耳朵，但听得不很分明……''十字常常写成千字，千字常常写成十字''身上痛苦，心里焦急'之类都是。

"文章中用着许多重复的句子，如'不是差不多吗？'一句重复至四次，'凡事只要差不多就好了'，一句重复两次，如'有一天'也重复地用着。

"文章中于句调重复之中又故意加着变化，如'他有一双眼睛，但看得不很清楚；有两只耳朵，但听得不很分明'，接下去是'有鼻子和嘴，但他对于气味和口味都不很讲究'，再接下去是'他的脑子也不小，但他的记性却不很精明，思想也不很细密'之类就是。

"文章中用着特种的言语，如'差不多先生就一命呜呼了'，不说'死'而说'一命呜呼'之类就是。"

讲茅盾的《浴池速写》

　　沿池子的水面，伸出五个人头。

　　因为沿池子是圆的，所以差不多是等距离地排列着的五个人头便构成了半规形的"步哨线"，正对著池子的白石岸旁的冷水龙头。这是个擦得耀眼的紫铜质的大家伙，虽然关着嘴，可是那转柄的节缝中却蚩蚩地飞进出两道银线一样的细水，斜射上去约有半尺高，然后乱纷纷地落下来，象是些极细的珠子。

　　五岁光景的一对女孩子，就坐在这个冷水龙头旁边的白石池岸上，正对着我们五个人头。水蒸气把她们俩的脸儿熏得红喷喷地，头上的水打湿了的短发是墨黑黑地，肥胖的小身体又是白生生地。她们俩象是孪生的姊妹。坐在左边的一个的肥白的小手里拿着个橙黄色透明体的肥皂盒子；她就用这小小的东西舀水来浇自己的胸脯。右边的一个呢，捧了一条和她的身体差不多长短的手巾，在她的两股中间揉摩。

虽是这么幼小的两个，却已有大人的风度，然而多么妩媚。

这样想着，我侧过脸去看我左边的一个人头。这是满腮长着黑森森的胡子根的中年汉子的强壮的头。他挺起了眼睛往上瞧，似乎颇有心事。

我再向右边看。最近的一个正把滴水的手巾盖在脸上，很艰辛地喘气。再过去是三角脸的青年，将后颈枕在池子的石岸上，似乎已经入睡。更过去是一张肥胖的圆脸，毫无表情地浮在水面，很象个足球。

忽然那边的矿泉水池里豁刺刺一片水响，冒出个黄脸大汉来，胸前有一丛黑毛。他晃着头，似乎想出来，却又蹲了下去。

大概是惊异着那边还有人，两个小女孩子都转过头去了。拿肥皂盒的一个的小脸儿正受着冷水龙头迸出来的水珠。她似乎觉得有些痒罢，她慢慢地举起手来搔了几下，便又很正经地舀起水来浇胸脯。

茅盾先生这篇文章并不是告诉我们一个故事，只是告诉我们他眼睛里看见的一番光景。文章的内容本来是各色各样的。记载一件东西，叙述一桩事情，发表一种意见，吐露一腔情感，都可以成为文章。把眼睛里看见的光景记下来，当然也成为文章。

我们从早上睁开眼睛起来到晚上闭上眼睛睡觉，随时随地看见种种光景。如果把种种光景完全记下来，那就像一篇杂乱无章的流水账，教人家看了摸不着头脑。而且作者也没有写这种流水账的必要。作者要写的一定是感兴趣、觉得有意思的一番光景。

至于那些平平常常的光景，虽然看在眼里，决不高兴拿起笔来写。

这样说起来，写这类文章，必须在种种光景里画一圈界线，把要写的都圈在界线里边，用不着的都搁在界线外边。茅盾先生写这篇文章就先画这么一圈界线。读者试想一想：他那界线是怎样画的？

当时作者在日本的浴池洗澡，若把身子打一个旋，看见的应该是浴池全部的光景。但是他的兴趣并不在浴池全部。他只对于正在洗澡的几个人感到兴趣，觉得他们值得描写。所以他所写的限于池子，池子以外的光景都不写：他的界线是沿着池岸画的。

写出眼睛里看见的光景，第一要位置分明，不然，人家看了你的文章就糊涂，不会看见像你看见的那样。读者试注意这篇文章里位置的交代："池子是圆的"，"五个人头便构成了半规形"，"正对着池子的白石岸旁的冷水龙头"。五个人头中间，作者是一个，作者的左边一个，右边三个。冷水龙头旁边的池岸上坐着两个女孩子。那边还有个矿泉水池，里面也有一个人在那里洗澡。像这样把位置交代清楚，使人家看了，简直可以画一张图画。

因为写的是作者看见的光景，所以对于作者自己并没有写什么。看见池子怎样就写池子怎样。看见冷水龙头怎样就写冷水龙头怎样。看见洗澡的几个人怎样就写洗澡的几个人怎样。池子跟冷水龙头固然是死物，洗澡的几个人却是有思想感觉的。思想感觉藏在他们的里面，作者无从知道。作者只能根据看得见的他们的外貌，去推测藏在里面的他们的思想感觉。推测不一定就准，所以看见左边一个"挺起了眼睛往上瞧"，说他"似乎颇有心事"，看见矿泉水池里的一个"晃着头"，说他"似乎想出来"，看见"两个小女孩子都转过头去了"，说她们"大概是惊异着那边还有人"，看见拿肥皂盒的一个"慢慢地举起手来搔了几下"，说"她似乎觉得有些痒罢"。读者试想：这些地方假如去掉了"似乎"跟"大概"，有没有什么不妥当？有的。假如去掉了"似乎"跟"大概"就变得作者的眼光钻到这几个人的里面去了。这就不是专写光景的手法。这就破坏了全篇的一致。——作者的眼光钻到人物里面去的写法并非绝对不容许，而且常常用得到。像许多小说里，一方面叙述甲的思想感觉，同时又叙述乙、丙、丁的思想感觉，好像作者具有无所不知的神通似的。这是一种便利的法门，不这样就难教读者深切地了解各方面。然而小说并不是专写光景的文章。

专写光景的文章，所占时间往往很短，就只是作者放眼看出去的一会儿。这篇文章虽然有六百多字，所占时间却仅有四瞥的功夫——向对面两个女孩子一瞥，向左边的一个一瞥，向右边的三个一瞥，"忽然那边的矿泉水池里豁剌剌一片水响"，又是一瞥。这类文章也有不占时间的。比如记述一件东西，描写一处景物，作者自己不出场，并不叙明"我"在这里看，那就不占时间了。

这篇文章写得细腻。写得细腻由于看得精密。你看他写一个冷水龙头，使我们仿佛亲眼看见了那"紫铜质的大家伙"。若不是当时精密地看过，拿着笔伏在桌子上想半天也想不出来的。其余写几个人的形象跟动作的地方也是这样。读者都应该仔细体会。

略谈韩愈《答李翊书》

　　国文课本中往往选用古人论文的文章。这类文章，多数表白作者自己的甘苦，犹如现在所谓写作经验。其中有的持论很高，说理近乎玄奥。一个中学青年学习国文，在写作一方面所求并不很高，无非要在组织思想、处理材料、运用语言文字等事项上养成良好习惯而已。所求不过如此，而用这类文章作为指导的理论，就会使读者觉得写作是非常艰难的工作，在修养还没有到家的时候，简直没有执笔的资格。这就会抑止写作的动机，妨碍写作的应用，所受的影响不免是"负"面的了。

　　然而这类文章也未尝不可读，只要能活读而不死读。所谓活读，就是辨明古人持论的范围，酌取其大意，而不拘泥于一言一句的迹象。辨明了范围，就知道古人持论的所以然；这是知识方面的事。酌取其大意，化为自己的习惯，就增长自己的写作能力；这是行为方面的事。如果在讲解和记诵以外不再作什么研讨，那就是死读。

　　韩愈的《答李翊书》，各种高中国文课本差不多都选了，有些初中课本也选了。这篇文章以"蕲至于古之立言者"为作文的标的，又以"行乎仁义，游乎诗书"为修养的基本，都是非常艰巨的事。一个中学青年如果也要认定这样的标的，立下这样的基本，然后写作，那就一辈子别想写作了。可是韩愈也并非故为高论。他所说的原是"著述之文"，不是一般的文。"著述之文"必待存养有所得，学术成系统，然后写作。古来成一家言的作者差不多都是存养有所得，学术成系统的。所以他以"蕲至于古之立言者"为标的。他又是自认为继承儒家道统的人。儒家最大的修养纲领是仁义，儒家最重要的教科书是经籍（以偏赅全就是"诗书"），所以他以"行乎仁义，游乎诗书"为基本。知道了这些，就辨明了他这篇文章持论的范围。从此更可以推想开来。现在一个中学青年作文，不过要表白自己所经验的事物，发抒自己所蕴蓄的情意，以适应处于人群之中的需要；决不是要"立言"，也决不是要写"著述之文"。写"著述之文"只是极少数人的事，并非人人所必需。而运用语言文字叙事达意却是生活的重要条件，实为人人所必具。二者不可混为一谈。因此，我们不妨理解韩愈为什么这样说，可是不必攀附他的说法，也以"蕲至于古之立言者"为作文的标的。再说，韩愈以文见道，为了要继承道统。我们写文，或者给朋友寄封信，或者向父母有所报告，都只是日常生活的事，无所谓道统。存心和制行要不违仁义，原是不错的；但是我们不必为了作文而"行乎仁义"。阅读记载前人经验的书，也是有道理的；可是我们不必而且不该限于经籍而"游乎诗书"。若是作者自命要继承儒家道统，原无妨依照韩愈的说法；但是我们只要做一个能够利用语言文字的人，就不须依照韩愈的说法了。

这篇《答李翊书》中用了这些譬喻，如"养其根而俟其实，加其膏而希其光，根之茂者其实遂，膏之沃者其光晔"，"气，水也，言，浮物也，水大而物之浮者大小毕浮"。读譬喻，必须究明它所喻的是什么，才有用处。"根茂实遂，膏沃光晔"，无非说内面越充实，表现于外的越完美；所以从根本入手，须求内面的充实，这就得"养根""加膏"。"气"是个玄奥的名词，包括人的一切修养成果——包括孟子所谓"浩然之气"的"气"和曹丕所谓"文以气为主"的"气"，前者是德行方面的修养成果，后者是语言文字方面的修养成果。表现于外面的"言"决定于修养成果的"气"，正如浮物的"大小毕浮"与否决定于水的大小。这些意思，对于希冀"立言"的作者固然有用，对于通常学习写作的人，如中学青年，也未尝无用。一般人学习写作，往往只从记诵和摹仿入手。常常听到这样的发问："要把文章写好，该读些什么书？"就是例证。殊不知写作的根源在于自身的生活，脱离生活，写作就无从说起。即以一封平常的信来说，也必须把所要说的弄得清清楚楚，才写得好；而把所要说的弄得清清楚楚，就是生活方面的事，不是记诵和摹仿方面的事。生活内容有繁简和深浅的分别，在简和浅的阶段的人固然不能强求其繁和深；可是连简和浅的阶段也抛开了，就只能一阵胡写，决无是处。从韩愈所说气与言的关系，又可知一切修养是写作的基本。德行方面有修养，观物论事自然中节；语言文字方面有修养，遣词谋篇自然合度。修养在乎平时，文章随时而作；随时的写作有了平时的修养，就可以依习惯着手，无所容心，而"物之浮者大小毕浮"。就一个中学青年说，德行方面的修养是通于各种学科各项行为的事，语言文字的修养是国文科所专重的事；要希望写作得像个样子，还必须平时在这两方面努力才行（还得补充一句，德行方面的修养，其目的不在于写作，而在于要做一个健全的人）。

　　韩愈这一篇"抑又有难者"以下一段，写创作的心理与过程，如果能够活读，也有受用处。此外也还有可说的，恐怕头绪太繁，不再说了。

责己重而责人轻（范文选读）

　　蔡孑民（元培）先生民国二十九年三月五日（公元一九四〇年三月五日）去世，到现在两年多了，还没有人把他毕生的著作编成全集行世。他的集子只有一部《蔡孑民先生言行录》，还是民国九年（一九二〇年）新潮社编辑的，现在归开明书店出版发行。那部书中的"附录"收入先生所编的《华工学校讲义》。那是给留法的华工读的，共四十篇，德育方面的三十篇，智育方面的十篇。这篇《责己重而责人轻》，就是德育三十篇中的。各种初中国文课本选用这篇的很多。现在我们也选作范文，请读者诸君细读。

　　《责己重而责人轻》这个题目，是把本文开头所引"躬自厚而薄责于人"及"其责己也重以周，其待人也轻以约"简括而成的。责己重，就是躬自厚，就是责己重以周；责人轻，就是薄责于人，就是待人轻以约。作为题目，见得简括得很好。

①孔子曰："躬自厚而薄责于人，则远怨矣。"②韩退之又申明之曰：③"古之君子，其责己也重以周，其待人也轻以约。④重以周，故不怠；轻以约，故人乐为善。"⑤其足以反证此义者：⑥孟子言父子责善之非，而述人子之言曰："夫子教我以正，夫子未出于正也。"⑦原伯及先且居皆以效尤为罪咎。⑧椒举曰："无瑕者可以戮人。"皆言责人而不责己之非也。

①孔子这一句话记载在《论语·卫灵公》。"躬"是身。"躬自"就是"身自"，是副词，用作状语。《史记·万石传》有"身自浣涤"，就是"躬自浣涤"。"躬自"或"身自"，相当于现在说的"自身"。"躬自厚"就是身自厚责。这责字省略，从下文"薄责"见出。下文"薄责于人"，就是对别人责备得薄。"躬自厚"，照现在说法，还得补充"对"字的意思，就是对自己责备得厚。"躬自厚"和"薄责于人"相背反，所以中间用个转折连词"而"。"远怨"是远于怨恨。怨恨包括别人对我的怨恨，我对别人的怨恨而言。远于怨恨，现在没有这样说法；可以揣摩原意，解作不会有怨恨。远离了，也就不会有了。

②"退之"是韩愈的"字"。"申明"是说明白的意思，不可与"声明"相混——"声明"是表白的意思。"之"字指上面所引孔子的话。下面所引韩愈的话见于《原毁》篇。

③这一句分析开来，实是四个意思：古之君子责己重，古之君子责己周，古之君子待人轻，古之君子待人约。"重"和"周"

都是责己的情形，"轻"和"约"都是待人的情形，所以各用"以"字连起来。这"以"字和平等连词"而"字相当（"而"字可用作转折连词，也可用作平等连词）。"也"字加进去，表示语气的拖长，使人注意那"责己""待人"以及"责己""待人"的情形。"责己""待人"既是属于"古之君子"的两种举动，就等于两个名词，该用"之"字来表示它们与"古之君子"的关系。但是，作"古之君子之责己也重以周"两用"之"字，嫌噜苏。第二句作"古之君子之待人也轻以约"，更见得重复。所以把两句并作一句，先提"古之君子"，下面用两个"其"字来代他。这里的"其"字，意义是"他的"。"周"是周备、详审。"约"是简单、粗略。

④这一句承上文说，所以略去"责己""待人"，只说"重以周""轻以约"。"责己重以周"是因，"不怠"是果，用"故"字表示二者的因果关系，后半句亦然。这里有一点应该注意：说"不怠"没有点明谁"不怠"，说"乐为善"却点明一个"人"字，这是什么缘故？原来"责己"是责者被责者都是自己，那"不怠"的效果当然也属于自己，不待点出，自能明白；"责人"却不然，责者是己，被责者是人，那"乐为善"的效果到底属于谁，必须点出才明白。

"不怠"是说认真修养，永不懈怠。

⑤这里的"其"字表示换一方面说话的开端，与上文两个"其"字不同。现代话里没有贴切相当的字，勉强可以解作"那"。"此义"指上文所引孔子及韩退之说的意思。以下所举，"皆言责人而不责己之非"。"责人而不责己"既"非"，可见"责己重而责人轻"是"是"了。下文与上文着眼点相反，可是归趋相同，所以说"足

以反证"。

⑥这里所引孟子的话见于《孟子·离娄》。公孙丑问君子为什么不自教他的儿子，孟子说："势不行也。教者必以正。以正不行，继之以怒。继之以怒，则反夷矣。'夫子教我以正，夫子未出于正也。'则是父子相夷也。父子相夷则恶矣。"

"责善"是督责策励，勉为善行。"人子"等于现在说的"做儿子的"。同样的说法如"人君""人臣"。"夫子"是对长辈的敬称，这里是做儿子的称父亲。"出于"表示从某一方面实做的意思。"夫子未出于正也"一语，用现在的话说，就是"您自己还没有做得正当呢"。

⑦"原伯"就是原庄公，周朝的卿士。鲁庄公二十一年，郑伯入周，杀王子颓，请周惠王饮酒，仿效王子颓徧舞六代之乐。原伯说："郑伯效尤（效尤是仿效别人不好的行为），其亦将有咎。"事见《左传》庄公二十一年。"先且居"（且音雎），春秋时晋国人，晋襄公时任中军元帅。当晋文公的末年，卫使孔达领兵伐郑。郑是晋的盟国，照理卫应该先行朝晋，求得晋的谅解，才好出兵；可是卫并没有先行朝晋。到襄公即位，便起兵伐卫。先且居以为倘不先行朝周而伐卫，那是"效尤，祸也"，所以请襄公先朝周而后伐卫。事见《左传》文公元年。

⑧"椒举"是春秋时楚大夫伍举，封于椒。楚灵王伐吴，拿住齐国的庆封，责他弑君的罪（齐国崔杼杀了国君，庆封是崔杼同党），要杀掉他。伍举因为楚灵王自己也是杀君自立的，所以说了这个话，劝他不要这样做，以免自己的罪恶也被庆封宣布出来。

事见《左传》昭公四年。

"瑕"是玉上的斑点，引申为人行为上的缺失。"戮"是明正其罪而处罚。

> ①准人我平等之义，似乎责己重者责人亦可以重，责人轻者责己亦可以轻。②例如多闻见者笑人固陋，有能力者斥人无用，意以为我既能之，彼何以不能也。③又如怙过饰非者每喜引他人同类之过失以自解，意以为人既为之，我何独不可为也。

①"准"是以某一原则某一道理为标准，在口语里就是"按照"。本篇的主旨是"责己重，责人轻"。人己之间为什么应该有轻重？很容易引起怀疑。照一般的想，重就该人己并重，轻就该人己并轻，才是"人我平等"的道理。作者唯恐读者有这样的怀疑，存这样的想头[1]，所以提出这一句话。用个"似乎"，表示那想头好像不错的；说好像不错，言外之意是其实不对。

②这一句举出"责己重者责人亦重"的实例，并设想他们重责别人的时候是那样想的。

"固陋"是拘执浅薄。"彼"指被"笑"被"斥"的"人"。

③这一句举出"责人轻者责己亦轻"的实例，并设想他们轻责自己的时候是那样想的。

---

1 想法，念头；希望。

"怙过饰非"是不想纠正过失，只想遮掩过失。

"自解"是替自己解释。

①不知人我固当平等，而既有主观客观之别，则观察之明晦显有差池，而责备之度亦不能不随之而进退。②盖人之行为常含有多数之原因：③如遗传之品性，渐染之习惯，薰受之教育，拘牵之境遇，压迫之外缘，激刺之感情，皆有左右行为之势力。④行之也为我，则一切原因皆反省而可得。⑤即使当局易迷，而事后必能审定。⑥既得其因，则迁善改过在在可以致力。⑦其为前定之品性，习惯及教育所驯致耶，将何以矫正之？⑧其为境遇，外缘及感情所迫成耶，将何以调节之？⑨既往不可追，我固自怨自艾；而苟有不得已之故，决不虑我之不肯自谅。⑩其在将来，则操纵之权在我，我何馁焉？⑪至于他人，则其驯致与迫成之因决非我所能深悉。⑫使我任举推得之一因而严加责备，宁有当乎？⑬人人各自有其重责之机会，我又何必越俎而代之？

①是谁"不知"？就是有如上的想头的那些人"不知"；这一句中所说的道理，都是他们所不知道的。"人我平等之义"是不错的，所以在"当平等"之上加个"固"字。可是在"责备"这一点上却不应该人我平等，所以用个转折连词"而"（"而"与"固"相应）。"主观""客观"是两个对立的心理学用语。凡认识的主体和

属于自我"内心的"事物、地位和属性，叫作"主观"。凡被认识的客体，就是离开自我而存在的外界事物，叫作"客观"。"我"是"主观"。"人"是"客观"。"差池"这个词原用来形容不齐的样子，这里就是说不齐。"观察之明晦"怎样不齐呢？就是主观观察易明，客观观察难明（就是"晦"）。这一句中第二个"而"字是顺递连词；用了这"而"字，上面的"则"字就管到"责备之度"了（句中"而"字与"则"字，"而"字与"亦"字都是相应的，可注意）。"度"是程度。"进退"是加减。怎样是"随之而进退"呢？就是：主观观察易明，责备的程度因而加重；客观观察难明，责备的程度因而减轻。

②"盖"字用在这里，表示下面的话是用来阐明上面的话的。现代话里没有贴切相当的字，勉强解作"因为"。

③这里的"渐"字音"尖"，也是"染"的意思，与"染"字构成复合词。社会习惯对于个人，好像染色对于织物，染着便受影响，所以说"渐染之习惯"。"薰"原是以香薰物的意思。人受教育，好像物受香薰，所以说"薰受之教育"。"外缘"是外界的事物。外界事物与我的精神生活物质生活若相违反，就是"压迫之外缘"了。"左右"是使他向左或向右的意思，同于"支配"或"牵制"。

④这句里的"也"字，与上文"其责己也重以周"的"也"字作用相同。但是可以换用"者"字。"行之者为我"，就是说：做那行为的是我自己。"反省"是自己省察。因为主观观察易明，所以"一切原因皆反省而可得"。

⑤"当局易迷"是一句老话，在人生经验上也是一种事实。

作者恐怕读者援引那句老话，以为一切原因未必皆反省而可得，所以加入这一句，补充说明。意思是："当局易迷"诚然不错，但是迷是迷在一时，到事过境迁的"事后"，便不迷了。不迷而"反省"，一切原因"必能审定"。

⑥"在在"就是"处处"。"致力"是"用力"或"着力"。

⑦这句与下句的"其"字表示分别指称的开端，也可以勉强解作"那"。这句与下句的"耶"字表示语气的拖宕，不是表示疑问口气的。

"驯致"是积渐而成，用现代口语说，就是：渐渐地成为这样子。

作者在"品性，习惯及教育"上面加上形容语"前定之"，大概因为品性是父母遗传的，习惯是社会酿成的，教育的制度和方法是社会规定的，都决定于我生之前，所以说"前定"。但是就及于人的影响说，一般都认遗传是"先天的"，习惯和教育是"后天的"。"前定的"和"先天的"易于相混，如果读者混为一谈，认为习惯和教育也是"先天的"，那就误会了。这"前定之"三字也可以不用。这句与下句对称，下句"境遇，外缘及感情"上面并没有什么形容语，这句也无须有。

⑧上句与这句说"致力"的途径。"其为……耶"是审定原因，"将何以……之"是根据原因，寻求迁善改过的方法。

⑨这句说对于既往的过失的态度。既往的过失，不能追上去改正，那固然是很可懊恼的事；可是反省之后，觉得当时行为都由种种原因牵制（就是所谓"不得已之故"），也决不肯原谅自己。"自

怨自艾"是个熟语。"艾"一向解作"刈"，除去的意思。"自艾"是自己想除去过失。有人说，"艾"可能是"乂"的假借字，是惩戒的意思。"自艾"是惩戒自己。"决不虑我之不肯自谅"，直译为现代口语，就是"决不愁我不肯原谅自己"；但是话没有这么曲折的，解作"决不肯原谅自己"就可以了。

⑩"其"字与上文"其足以反证此义者"的"其"字作用相同。"焉"在这里是助词。"我何馁焉？"就是说：对于将来的迁善改过，我有什么胆怯呢？不胆怯的原由是"操纵之权在我"。

"操纵之权在我"的原由是过失的原因已经审定，迁善改过的方法已经求得。从"行之也为我"到这一句，说明责己宜重的所以然。

⑪因为客观观察难明，所以"驯致与迫成之因决非我所能深悉"。

⑫"使"是假使。"宁"是哪。"当"是得当。原因很多，推求到的未必就是主因要因。任便举一个去责备别人，自然不会得当了。

"宁有当乎？"是反诘口气。若作直说口气，便是"必无当矣"。反诘口气引起读者思索，让读者自己去领会出"必无当矣"的意思，效力比较大。

⑬这句又推进一层说。大家都能"重责自己"，大家都可以"致力"于迁善改过，我又何必代人费心呢？

《庄子·逍遥游》中说："庖人虽不治庖，尸祝不越樽俎而代之矣。""尸"是假拟鬼神受祭祀的人，"祝"是管祭祀的人。"樽俎"

是盛酒食的器具。意思是：尸祝不代管庖人的事。凡管不是自己分内的事，都可以说"越俎而代之"。"越俎代庖"成了成语。

从"至于他人"到这一句，说明责人宜轻的所以然。

①故责己重而责人轻，乃不失平等之真意。否则迹若平而转为不平之尤矣。

①"转"就是现代口语的"反而"。"尤"是最甚，也就是"极"。"××之尤"是文言的形式，如极不平可作"不平之尤"，极荒唐可作"荒唐之尤"；但不可照样直译，说"不平的极"，"荒唐的极"。

"责己重者责人亦重，责人轻者责己亦轻"，从形迹上看似乎很公平，这叫作"迹若平"。客观观察不如主观观察的详明，若对己对人，责备之度相同，便是强不同以为同，这叫作"转为不平之尤"。

解说到这里完了。下面说说全篇的布置。对于"责己""责人"可有三种态度：一种是责人而不责己；一种是责己责人同其重轻；又一种是责己重而责人轻。作者主张取第三种，非把前两种提到不可。责人而不责己是不对的，这容易明白，所以在引用成语故事之后，只说"皆言责人而不责己之非也"，一笔带过。由此反证，可知责人者须能责己。人己并责，很可能采取同其轻重的态度，因为有个"平等之义"在那里。作者要主张责己重而责人轻，必须把不该同其重轻详细说明才行，就有第三段的一大段文字。不该同其重轻的所以然说明白了，对于责己重责人轻，也就无可怀疑了。——这篇思路发展的线索是这样的，全篇的布置就从这样的线索而来。